D1350703

Collection folio junior

dirigée par
Jean-Olivier Héron
et Pierre Marchand

Lewis Carroll est le pseudonyme de Charles Lutwidge Dodgson.

Pourquoi un pseudonyme ?

M. Dodgson, professeur de mathématiques à l'université d'Oxford, ne voulait reconnaître « aucun rapport entre lui et les livres publiés sous un autre nom que le sien »... c'est-à-dire Lewis Carroll !

Car la vie de Lewis Carroll — appelons-le ainsi — fut partagée entre l'étude des mathématiques (il publia d'importants ouvrages sur la logique symbolique) et la littérature pour les enfants.

D'un côté la rigueur scientifique, de l'autre, un maître de l'humour et de l'imagination, qui font de *Alice au pays des merveilles*, et de sa suite, *A travers le miroir* deux chefs-d'œuvre de la littérature pour la jeunesse.

Lewis Carroll est né à Daresbury (Cheshire), en Grande-Bretagne, le 27 janvier 1832, et mort à Guildford (Surrey), le 14 janvier 1898.

Lewis Carroll

Alice au pays des merveilles

Traduit de l'anglais
par Jacques Papy

Illustrations
de Sir John Tenniel

Jean-Jacques Pauvert

On sait que Lewis Carroll, de son vrai nom Charles Lut-widge Dodgson, enseignait les mathématiques au Collège de Christ Church (Université d'Oxford).

Par une belle après-midi du mois de juillet 1862 (il avait alors trente ans), il partit pour une promenade en barque avec les trois filles du doyen de Christ Church, les petites Liddell, dont la seconde, sa préférée, s'appelait Alice. La chaleur était si forte qu'ils durent bientôt abandonner leur embarcation pour aller s'asseoir dans un pré, à l'ombre d'une meule de foin. Les fillettes lui demandèrent de leur raconter une histoire, et c'est ainsi que commencèrent les Aventures d'Alice.

Lewis Carroll évoque cette promenade sur l'eau dans le petit poème qui sert d'introduction à Alice au Pays des Merveilles, *les trois sœurs Liddell étant désignées par les noms « Prima », « Secunda » et « Tertia ».*

J. P.

Au lecteur

Nous nous sommes efforcé, dans les pages qui suivent, d'offrir au public une version aussi exacte que possible des « Aventures d'Alice ». Néanmoins, nous avons dû prendre certaines libertés avec le texte de Lewis Carroll, qui présente deux problèmes particulièrement délicats : celui de la traduction des jeux de mots, et celui de l'adaptation des poésies.

Dès l'abord il nous a semblé inopportun de transcrire tels quels (sans en modifier le sens littéral) les passage contenant des jeux de mots. Une telle entreprise aboutit presque toujours à l'incohérence la plus complète, même si l'on a recours à la fatidique N.D.T., suivie de la non moins fatidique mention : « Jeu de mots intraduisible en français. » Il nous a paru préférable (et plus courageux) de chercher, en français, un calembour quelconque qui remplace le jeu de mots anglais, sans nous soucier d'une correspondance rigoureuse impossible à obtenir. A titre documentaire, nous avons donné, dans un appendice, les jeux de mots originaux avec leur traduction intégrale : les passages marqués par des lettres (a, b, c, d, etc.) renvoient à cet appendice.

Par ailleurs, nous nous sommes longtemps demandé s'il convenait de traduire en prose les poésies, en sacrifiant tout à l'exactitude, ou si, au contraire, il valait mieux conserver rimes et rythme au détriment du sens. Finalement, nous avons adopté la seconde solution, en prenant soin de ne jamais nous écarter de l'esprit du texte et de conserver presque

13

toujours la disposition de rimes et de rythmes adoptée par l'auteur. Car, tout bien considéré, si on enlève la rime à des pièces de vers d'où la raison se trouve exclue, il n'en restera plus que cendres.

La magistrale version du « Jabberwocky » que nous donnons dans le présent ouvrage est due à la plume de notre ami Henri Parisot : nous ne saurions trop le remercier de nous avoir autorisé à la reproduire.

Mrs. Wilelmine Harrod, d'Oxford, a bien voulu nous communiquer de précieux renseignements qu'elle a découverts à la « Bodleian Library ». Elle nous a, notamment, fait parvenir les textes des poèmes parodiés par Lewis Carroll, dont nous présentons la traduction dans un deuxième appendice à la fin d' « Alice au Pays des Merveilles ». Nous tenons à lui exprimer ici toute notre gratitude pour son obligeance et son inlassable dévouement.

Jacques Papy.

Dans cette après-midi dorée,
  Sur l'eau nous glissons à loisir;
De petits bras tiennent les rames
  Qu'ils ont bien du mal à saisir,
De faibles mains en vain prétendent
  Nous guider selon leur désir.

Las! Les Trois Sœurs impitoyables,
  Sans souci du brûlant soleil,
De moi exigent une histoire,
  Alors que j'incline au sommeil!
Se pourrait-il que je résiste
  A ces trois visages vermeils?

Prima, impérieuse, me somme
  De « commencer sans plus tarder ».
Secunda, plus gentille, espère
  « Beaucoup, beaucoup d'absurdités ».
Et Tertia interrompt le conte
  A chaque instant, pour questionner.

Bientôt, réduites au silence,
  Toutes trois suivent, en rêvant,
L'enfant au Pays des Merveilles
  Où tout est si extravagant,
Où l'on bavarde avec les bêtes...
  Elles y croient, assurément...

Et chaque fois que cette histoire
  Laissait le narrateur sans voix,
Et qu'il essayait de leur dire :
  « La suite à la prochaine fois, »
« La prochaine fois, nous y sommes! »
  S'écriaient-elles toutes trois.

Ainsi l'histoire merveilleuse
  Fut créée petit à petit...
Tous ses événements bizarres
  Ont pris forme et sont bien finis ;
Tandis que le soleil se couche,
  Nous voguons vers notre logis.

Prends cette histoire, chère Alice!
  Place-la, de ta douce main,
Là où les rêves de l'Enfance
  Reposent, lorsqu'ils ont pris fin,
Comme des guirlandes fanées
  Cueillies en un pays lointain.

Chapitre 1
Dans le terrier du lapin

Alice commençait à se sentir très lasse de rester assise à côté de sa sœur, sur le talus, et de n'avoir rien à faire : une fois ou deux, elle avait jeté un coup d'œil sur le livre que sa sœur lisait, mais il ne contenait ni images, ni conversation, « et, se disait Alice, à quoi peut bien servir un livre où il n'y a ni images ni conversations ? »

Elle se demandait (dans la mesure où elle était capable de réfléchir, car elle se sentait tout endormie et toute stupide à cause de la chaleur), si le plaisir de tresser une guirlande de pâquerettes vaudrait la peine de se lever et d'aller cueillir les pâquerettes, lorsque, brusquement, un Lapin Blanc aux yeux roses passa en courant tout près d'elle.

Ceci n'avait rien de particulièrement remarquable; et Alice ne trouva pas non plus tellement bizarre d'entendre le Lapin se dire à mi-voix : « Oh, mon Dieu! Oh, mon Dieu! Je vais être en retard! » (Lorsqu'elle y réfléchit par la suite, il lui vint à l'esprit qu'elle aurait dû s'en étonner, mais, sur le moment, cela lui sembla tout naturel.) Cependant, lorsque le Lapin *tira bel et bien une montre de la poche de son gilet*, regarda l'heure, et se mit à courir de plus belle, Alice se dressa d'un bond, car, tout à coup, l'idée lui était venue qu'elle n'avait jamais vu de lapin pourvu d'une poche de gilet, ni d'une montre à tirer de cette poche. Dévorée de curiosité, elle traversa le champ en courant à sa poursuite, et eut la chance d'arriver juste à temps pour le voir s'enfoncer comme une flèche dans un énorme terrier placé sous la haie.

Un instant plus tard, elle y pénétrait à son tour, sans se demander une seule fois comment diable elle pourrait bien en sortir.

Pendant un certain temps, elle marcha droit devant elle dans le terrier comme dans un tunnel; puis le sol s'abaissa brusquement, si brusquement qu'Alice, avant d'avoir pu songer à s'arrêter, s'aperçut qu'elle tombait dans un puits très profond.

Soit que le puits fût très profond, soit que la fillette tombât très lentement, elle s'aperçut qu'elle avait le temps, tout en descendant, de regarder autour d'elle et de se demander ce qui allait se passer. D'abord, elle essaya de regarder en bas pour voir où elle allait arriver, mais il faisait trop noir pour qu'elle pût rien distinguer. Ensuite, elle examina les parois du puits, et remarqua qu'elles étaient garnies de placards et d'étagères; par endroits, des cartes de géographie et des tableaux se trouvaient accrochés à des pitons. En passant, elle prit un pot sur une étagère; il portait une étiquette sur laquelle on lisait : CONFITURE D'ORANGES, mais, à la grande déception d'Alice, il était vide. Elle ne voulut pas le laisser tomber de peur de tuer quelqu'un, et elle s'arrangea pour le poser dans un placard devant lequel elle passait, tout en tombant.

« Ma foi! songea-t-elle, après une chute pareille, ça me sera bien égal, quand je serai à la maison, de dégringoler dans l'escalier! Ce qu'on va me trouver courageuse! Ma parole, même si je tombais du haut du toit, je n'en parlerais à personne! » (Supposition des plus vraisemblables, en effet.)

Plus bas, encore plus bas, toujours plus bas. Est-ce que cette chute ne finirait jamais? « Je me demande combien de kilomètres j'ai pu parcourir? dit-elle à haute voix. Je ne dois pas être bien loin du centre de la terre. Voyons : ça ferait une chute de six à sept kilomètres, du moins je le crois... » (car, voyez-vous, Alice avait appris en classe pas mal de choses de ce genre, et, quoique le moment fût mal choisi pour faire parade de ses connaissances puisqu'il n'y avait personne pour l'écouter, c'était pourtant un bon exercice que de répéter tout cela)... « Oui, ça doit être la distance exacte... mais, par exemple, je me demande à quelle latitude et à quelle longitude je me trouve ? » (Alice n'avait pas la moindre idée de ce qu'était la latitude, pas plus d'ailleurs que la longitude, mais elle jugeait que c'étaient de très jolis mots, des mots superbes.)

Bientôt, elle recommença : « Je me demande si je vais traverser la terre d'un bout à l'autre ! Ça sera rudement drôle d'arriver au milieu de ces gens qui marchent la tête en bas ! On les appelle les Antipattes [a], je crois... » (cette fois, elle fut toute heureuse de ce qu'il n'y eût personne pour écouter, car il lui sembla que ce n'était pas du tout le mot qu'il fallait)... « Seulement, je serai obligée de leur demander quel est le nom du pays. S'il vous plaît, madame, suis-je en Nouvelle-Zélande ou en Australie ? » (et elle essaya de faire la révérence tout en parlant... Quelle idée de faire la révérence pendant qu'on tombe dans le vide ! Croyez-vous que vous en seriez capable ?) « Et la dame pensera que je suis une petite fille ignorante ! Non, il vaudra mieux ne rien demander ; peut-être que je verrai le nom écrit quelque part. »

Plus bas, encore plus bas, toujours plus bas. Comme il n'y avait rien d'autre à faire, Alice se remit bientôt à parler. « Je vais beaucoup manquer à Dinah ce soir, j'en ai bien peur ! » (Dinah était la chatte d'Alice.) « J'espère qu'on pensera à lui donner sa soucoupe de lait à l'heure du thé. Ma chère Dinah, comme je voudrais t'avoir ici avec moi! Il n'y a pas de souris dans l'air, je le crains fort, mais tu pourrais attraper une chauve-souris, et ça, vois-tu, ça ressemble beaucoup à une souris. Mais est-ce que les chats mangent les chauves-souris? Je me le demande. » A ce moment, Alice commença à se sentir toute somnolente, et elle se mit à répéter, comme si elle rêvait : « Est-ce que les chats mangent les chauves-souris? Est-ce que les chats mangent les chauves-souris? » et parfois : « Est-ce que les chauves-souris mangent les chats? » car, voyez-vous, comme elle était incapable de répondre à aucune des deux questions, peu importait qu'elle posât l'une ou l'autre. Elle sentit qu'elle s'endormait pour de bon, et elle venait de commencer à rêver qu'elle marchait avec Dinah, la main dans la patte, en lui demandant très sérieusement : « Allons, Dinah, dis-moi la vérité : as-tu jamais mangé une chauve-souris? » quand, brusquement, bing! bing! elle atterrit sur un tas de feuilles mortes, et sa chute prit fin.

Alice ne s'était pas fait le moindre mal, et fut sur pied en un moment; elle leva les yeux, mais tout était noir au-dessus de sa tête. Devant elle s'étendait un autre couloir où elle vit le Lapin Blanc en train de courir à toute vitesse. Il n'y avait pas un instant à perdre : voilà notre Alice partie, rapide comme le vent. Elle eut juste le temps d'entendre le Lapin dire, en tournant un coin : « Par mes oreilles et mes moustaches, comme il se fait tard! » Elle tourna le coin à son tour, très peu de temps après lui, mais, quand elle l'eut tourné, le Lapin avait disparu. Elle se trouvait à présent dans une longue salle basse éclairée par une rangée de lampes accrochées au plafond.

Il y avait plusieurs portes autour de la salle, mais elles étaient toutes fermées à clé; quand Alice eut marché d'abord dans un sens, puis dans l'autre, en essayant de les ouvrir une par une, elle s'en alla tristement vers le milieu de la pièce, en se demandant comment elle pourrait bien faire pour en sortir.

Brusquement, elle se trouva près d'une petite table à trois pieds, entièrement faite de verre massif, sur laquelle il y avait une minuscule clé d'or, et Alice pensa aussitôt que cette clé pouvait fort bien ouvrir l'une des portes de la salle. Hélas! soit que les serrures fussent trop larges, soit que la clé fût trop petite, aucune

porte ne voulut s'ouvrir. Néanmoins, la deuxième fois qu'Alice fit le tour de la pièce, elle découvrit un rideau bas qu'elle n'avait pas encore remarqué; derrière ce rideau se trouvait une petite porte haute de quarante centimètres environ : elle essaya d'introduire la petite clé d'or dans la serrure, et elle fut ravie de constater qu'elle s'y adaptait parfaitement!

Alice ouvrit la porte, et vit qu'elle donnait sur un petit couloir guère plus grand qu'un trou à rat; s'étant agenouillée, elle aperçut au bout du couloir le jardin le plus adorable qu'on puisse imaginer. Comme elle désirait sortir de cette pièce sombre, pour aller se promener au milieu des parterres de fleurs aux couleurs éclatantes et des fraîches fontaines! Mais elle ne pourrait même pas faire passer sa tête par l'entrée; « et même si ma tête pouvait passer, se disait la pauvre Alice, ça ne me servirait pas à grand-chose à cause de mes épaules. Oh! que je voudrais pouvoir rentrer en moi-même comme une longue-vue! Je crois que j'y arriverais si je savais seulement comment m'y prendre pour commencer ». Car, voyez-vous, il venait de se passer tant de choses bizarres, qu'elle en arrivait à penser que fort peu de choses étaient vraiment impossibles.

Il semblait inutile de rester à attendre près de la petite porte; c'est pourquoi Alice revint vers la table, en espérant presque y trouver une autre clé, ou, du moins, un livre contenant une recette pour faire rentrer les gens en eux-mêmes, comme des longues-vues. Cette fois, elle y vit un petit flacon (« il n'y était sûrement pas tout à l'heure », dit-elle,) portant autour du goulot une étiquette de papier sur laquelle étaient imprimés en grosses lettres ces deux mots : « BOIS-MOI. »

C'était très joli de dire : « Bois-moi », mais notre prudente petite Alice n'allait pas se dépêcher d'obéir. « Non, je vais d'abord bien regarder, pensa-t-elle, pour voir s'il y a le mot : *poison*. » Car elle avait lu plusieurs petites histoires charmantes où il était question d'enfants brûlés, ou dévorés par des bêtes féroces, ou victimes de plusieurs autres mésaventures, tout cela uniquement parce qu'ils avaient refusé de se rappeler les simples règles de conduite que leurs amis leur avaient enseignées : par exemple, qu'un tisonnier chauffé au rouge vous brûle si vous le tenez trop longtemps, ou que, si vous vous faites au doigt une coupure très profonde avec un couteau, votre doigt, d'ordinaire, se met à saigner; et Alice n'avait jamais oublié que si l'on boit une bonne partie du contenu d'une bouteille portant l'étiquette : *poison*, ça ne manque presque jamais, tôt ou tard, d'être mauvais pour la santé.

Cependant, ce flacon ne portant décidément pas l'étiquette : *poison*, Alice se hasarda à en goûter le contenu; comme il lui parut fort agréable (en fait, cela rappelait à la fois la tarte aux cerises, la crème renversée, l'ananas, la dinde rôtie, le caramel, et les rôties chaudes bien beurrées), elle l'avala séance tenante, jusqu'à la dernière goutte.

« Quelle sensation bizarre! dit Alice. Je dois être en train de rentrer en moi-même, comme une longue-vue! »

Et c'était bien exact : elle ne mesurait plus que vingt-cinq centimètres. Son visage s'éclaira à l'idée qu'elle avait maintenant exactement la taille qu'il

fallait pour franchir la petite porte et pénétrer dans l'adorable jardin. Néanmoins elle attendit d'abord quelques minutes pour voir si elle allait diminuer encore; elle se sentait un peu inquiète à ce sujet, « car, voyez-vous, pensait Alice, à la fin des fins je pourrais bien disparaître tout à fait, comme une bougie. En ce cas, je me demande à quoi je ressemblerais ». Et elle essaya d'imaginer à quoi ressemble la flamme d'une bougie une fois que la bougie est éteinte, car elle n'arrivait pas à se rappeler avoir jamais vu chose pareille.

Au bout d'un moment, comme rien de nouveau ne s'était produit, elle décida d'aller immédiatement dans le jardin. Hélas! pauvre Alice! dès qu'elle fut arrivée à la porte, elle s'aperçut qu'elle avait oublié la petite clé d'or, et, quand elle revint à la table pour s'en saisir, elle s'aperçut qu'il lui était impossible de l'atteindre, quoiqu'elle pût la voir très nettement à travers le verre. Elle essaya tant qu'elle put d'escalader un des pieds de la table, mais il était trop glissant; aussi, après s'être épuisée en efforts inutiles, la pauvre petite s'assit et fondit en larmes.

« Allons! ça ne sert à rien de pleurer comme ça! se dit-elle d'un ton sévère. Je te conseille de t'arrêter à l'instant! » Elle avait coutume de se donner de très bons conseils (quoiqu'elle ne les suivît guère), et, parfois, elle se réprimandait si vertement que les larmes lui venaient aux yeux. Elle se rappelait qu'un jour elle avait essayé de se gifler pour avoir triché au cours d'une partie de croquet qu'elle jouait contre elle-même, car cette étrange enfant aimait beaucoup faire semblant d'être deux personnes différentes. « Mais c'est bien inutile à présent, pensa la pauvre Alice, de faire semblant d'être deux! C'est tout juste s'il reste assez de moi pour former une seule et unique personne! »

Bientôt son regard tomba sur une petite boîte de verre placée sous la table; elle l'ouvrit et y trouva un tout petit gâteau sur lequel les mots : « MANGE-MOI » étaient très joliment tracés avec des raisins de Corinthe. « Ma foi, je vais le manger, dit Alice, s'il me fait grandir, je pourrai atteindre la clé; s'il me fait rapetisser, je pourrai me glisser sous la porte; d'une façon comme de l'autre j'irai dans le jardin, et je me moque pas mal que ce soit l'une ou l'autre. »

Elle mangea un petit bout de gâteau, et se dit avec

anxiété : « Vers le haut ou vers le bas? » en tenant sa main sur sa tête pour sentir si elle allait monter ou descendre. Or, elle fut toute surprise de constater qu'elle gardait toujours la même taille : bien sûr, c'est généralement ce qui arrive quand on mange des gâteaux, mais Alice avait tellement pris l'habitude de s'attendre à des choses extravagantes, qu'il lui paraissait ennuyeux et stupide de voir la vie continuer de façon normale.

C'est pourquoi elle se mit pour de bon à la besogne et eut bientôt fini le gâteau jusqu'à la dernière miette.

Chapitre 2
La mare aux larmes

« De plus-t-en plus curieux[h] ! » s'écria Alice (elle était si surprise que, sur le moment, elle en oublia de parler correctement); « voilà que je m'allonge comme la plus grande longue-vue qui ait jamais existé! Adieu, mes pieds! » (car, lorsqu'elle les regarda, ils lui semblèrent avoir presque disparu, tant ils étaient loin). « Oh, mes pauvres petits pieds! Je me demande qui vous mettra vos bas et vos souliers à présent mes chéris! Pour moi, c'est sûr, j'en serai incapable! Je serai beaucoup trop loin pour m'occuper de vous : il faudra vous arranger du mieux que vous pourrez... Mais il faut que je sois gentille avec eux, songea-t-elle; sans ça peut-être qu'ils refuseront de marcher dans la direction où je voudrai aller! Voyons un peu : je leur donnerai une paire de souliers neufs à chaque Noël. »

Là-dessus, elle se mit à combiner comment elle s'y prendrait pour faire parvenir les souliers à destination. « Il faudra que je les confie à un commissionnaire, pensa-t-elle; ça aura l'air fameusement drôle d'envoyer des cadeaux à ses propres pieds! Et ce que l'adresse paraîtra bizarre!

> Monsieur Pied Droit d'Alice
> à Devant-de-Foyer
> Près Garde-Feu
> (avec les meilleures amitiés d'Alice)

Oh! mon Dieu! quelles bêtises je raconte! »

Juste à ce moment, sa tête cogna le plafond : en fait, elle mesurait à présent plus de deux mètres soixante-quinze. Elle s'empara immédiatement de la petite clé d'or et se hâta vers la porte du jardin.

Pauvre Alice! tout ce qu'elle put faire fut de se coucher sur le flanc et de regarder d'un œil le jardin; mais il était plus inutile que jamais d'essayer de franchir la porte. Elle s'assit et se mit à pleurer.

« Tu devrais avoir honte, dit-elle, une grande fille comme toi (c'était le cas de le dire) pleurer comme tu le fais! Veux-tu bien t'arrêter immédiatement! » Mais elle n'en continua pas moins à verser des litres de larmes, jusqu'à ce qu'elle fût entourée d'une grande mare, profonde de dix centimètres, qui s'étendait jusqu'au milieu de la pièce.

Au bout d'un moment, elle entendit dans le lointain un bruit de petits pas pressés, et elle s'essuya vivement les yeux pour voir qui arrivait. C'était encore le Lapin Blanc, magnifiquement vêtu, portant d'une main une paire de gants de chevreau blancs et de l'autre un grand éventail; il trottait aussi vite qu'il pouvait, et, chemin faisant, il marmonnait à mi-voix : « Oh! la Duchesse, la Duchesse! Oh! ce qu'elle va être furieuse si je l'ai fait attendre! » Alice se sentait si désespérée qu'elle était prête à demander secours à n'importe qui; aussi, lorsque le Lapin arriva près d'elle, elle commença d'une voix basse et timide :

« Je vous en prie, monsieur... » Le Lapin sursauta violemment, laissa tomber les gants de chevreau blancs et l'éventail, puis décampa dans les ténèbres aussi vite qu'il le put.

Alice ramassa l'éventail et les gants; ensuite, comme la pièce était chaude, elle se mit à s'éventer sans arrêt tout en parlant : « Mon Dieu! Mon Dieu! Comme tout est bizarre aujourd'hui! Pourtant, hier, les choses se passaient normalement. Je me demande si on m'a changée pendant la nuit? Voyons, réfléchissons : est-ce que j'étais bien la même quand je me suis levée ce matin? Je crois me rappeler que je me suis sentie un peu différente. Mais, si je ne suis pas la même, la question qui se pose est la suivante : Qui diable puis-je bien être? Ah! voilà le grand problème! » Sur quoi, elle se mit à passer en revue dans sa tête toutes les filles de son âge qu'elle connaissait, pour voir si elle avait pu être changée en l'une d'elles.

« Je suis sûre de ne pas être Edith, se dit-elle, car elle a de très longues boucles, tandis que mes cheveux ne bouclent pas du tout. Je suis sûre également de ne pas être Mabel, car, moi, je sais toutes sortes de choses, tandis qu'elle ne sait quasiment rien! De plus, elle est elle, et moi je suis moi, et... oh! Seigneur! quel casse-tête! Je vais vérifier si je sais encore tout ce que je savais jusqu'ici. Voyons un peu : quatre fois cinq font douze, quatre fois six font treize, et quatre fois sept font... Oh! mon Dieu! jamais je n'arriverai jusqu'à vingt à cette allure! Mais la Table de Multiplication ne prouve rien; essayons la Géographie. Londres est la capitale de Paris, et Paris est la capitale de Rome, et Rome... non, je suis sûre que ça n'est pas du tout ça! On a dû me changer en Mabel! Je vais essayer de réciter : *Petite abeille...* » S'étant croisé les mains sur les genoux comme si elle récitait ses leçons, elle se mit à dire la poésie bien connue, mais sa voix lui parut rauque et étrange, et les mots vinrent tout différents de ce qu'ils étaient d'habitude :

> *Voyez le petit crocodile :*
> *Comme sa queue se tord*
> *Lorsqu'il répand les eaux du Nil*
> *Sur ses écailles d'or!*
>
> *Voyez son sourire d'ivoire,*
> *Ses griffes en poinçons!*
> *Il accueille à pleine mâchoire*
> *Tous les petits poissons!*

« Je suis sûre que ce ne sont pas les mots qu'il faut », soupira la pauvre Alice; et ses yeux se remplirent de larmes tandis qu'elle poursuivait : « Après tout, je dois être Mabel; il va falloir que j'aille habiter cette misérable petite maison, et je n'aurai quasiment pas de jouets, et j'aurai tant et tant de leçons à apprendre! Non, ma décision est prise : si je suis Mabel, je reste ici! On aura beau pencher la tête vers moi en disant : " Allons, remonte, ma chérie! " je me contenterai de lever les yeux et de répondre : " Dites-moi d'abord qui je suis : si ça me plaît d'être cette personne-là, alors je remonterai; sinon, je resterai ici jusqu'à ce que je sois quelqu'un d'autre "... Mais, oh! mon Dieu! s'écria-t-elle en fondant brusquement en larmes, je voudrais bien qu'on se décide à pencher la tête vers moi! J'en ai tellement assez d'être toute seule ici! »

Tout en disant cela, elle regarda ses mains, et s'aperçut, à sa grande stupeur, qu'elle avait mis un des petits gants de chevreau blancs du Lapin, sans y faire attention : « Comment ai-je pu m'y prendre? songea-t-elle. Je dois être en train de rapetisser. » Elle se leva et

33

s'approcha de la table pour voir par comparaison combien elle mesurait; elle s'aperçut que, autant qu'elle pouvait en juger, elle avait environ soixante centimètres de haut, et ne cessait de diminuer rapidement. Elle comprit bientôt que ceci était dû à l'éventail qu'elle tenait; elle le lâcha en toute hâte, juste à temps pour éviter de disparaître tout à fait.

« Cette fois, je l'ai échappé belle! dit Alice, tout effrayée de sa brusque transformation, mais très heureuse d'être encore de ce monde; maintenant, à moi le jardin! » Et elle revint en courant à toute vitesse vers la petite porte. Hélas! la petite porte était de nouveau fermée, la petite clé d'or se trouvait sur la table comme auparavant, « et les choses sont bien pires que jamais, pensa la pauvre fille, car jamais je n'ai été aussi petite qu'à présent, non, jamais! Ma parole, c'est vraiment un peu trop fort! »

Au moment où elle prononçait ces mots, son pied glissa, et, un instant plus tard, plouf! elle se trouvait dans l'eau salée jusqu'au menton. Sa première idée fut qu'elle était tombée dans la mer, elle ne savait comment, « et, dans ce cas, songea-t-elle, je vais pouvoir rentrer par le train ». (Alice était allée au bord de la mer une seule fois dans sa vie : elle en avait tiré cette conclusion générale que, partout où on allait sur les côtes anglaises, on trouvait des cabines de bain roulantes dans l'eau, des enfants en train de faire des trous dans le sable avec des pelles en bois, puis une rangée de pensions de famille, et enfin une gare de chemin de fer.) Cependant, elle ne tarda pas à comprendre qu'elle était dans la mare des larmes qu'elle avait

versées au moment où elle avait deux mètres soixante
et quinze de haut.

« Comme je regrette d'avoir tant pleuré! » s'exclama-t-elle, tout en nageant pour essayer de se tirer de
là. « Je suppose que, en punition, je vais me noyer
dans mes propres larmes! C'est ça qui sera bizarre,
pour ça, oui! Il est vrai que tout est bizarre aujour-
d'hui. »

A ce moment précis, elle entendit un clapotis dans la mare, à peu de distance, et elle nagea de ce côté-là pour voir de quoi il s'agissait; elle crut d'abord se trouver en présence d'un morse ou d'un hippopotame; mais ensuite elle se rappela sa taille minuscule, et elle ne tarda pas à s'apercevoir que c'était tout simplement une souris qui avait glissé dans la mare, exactement comme elle.

« Voyons, pensa Alice, est-ce que ça servirait à quelque chose de parler à cette souris? Tout est tellement extravagant dans ce trou, qu'elle est très probablement capable de parler; en tout cas, je peux toujours essayer. »

Elle commença donc en ces termes : « O Souris, sais-tu comment on peut sortir de cette mare? Je suis lasse de nager par ici, ô Souris! » (Elle croyait qu'il fallait s'adresser en ces termes à une souris : jamais encore elle ne s'était exprimée de la sorte, mais elle venait de se rappeler avoir lu dans la Grammaire Latine de son frère : « Une souris, d'une souris, à une souris, une souris, ô souris! ») La Souris regarda la petite fille avec curiosité (Alice crut même la voir cligner un de ses petits yeux), mais elle ne répondit pas.

« Peut-être qu'elle ne comprend pas l'anglais, pensa Alice; ce doit être une souris française qui est venue ici avec Guillaume le Conquérant. » (Malgré toutes ses connaissances historiques, Alice avait des idées très vagues sur l'époque où tel ou tel événement s'était produit). En conséquence, elle dit : « Où est ma chatte[1]?

1. En français dans le texte.

ce qui était la première phrase de son manuel de français. La Souris bondit brusquement hors de l'eau, et parut frissonner de terreur du museau à la queue.

— Oh, excuse-moi, je t'en prie! s'écria vivement Alice, craignant d'avoir froissé la pauvre bête. J'avais complètement oublié que tu n'aimais pas les chats.

— Que je n'aime pas les chats! s'exclama la Souris d'une voix perçante et furieuse. Et toi, tu les aimerais, les chats, si tu étais à ma place?

— Ma foi, peut-être bien que non, répondit Alice d'un ton conciliant. Je t'en prie, ne te mets pas en colère à ce sujet. Pourtant, je voudrais bien pouvoir te montrer notre chatte Dinah : je crois que tu aurais de l'affection pour les chats si tu pouvais seulement la voir une fois. Elle est si pacifique, cette chère Dinah, continua la fillette comme si elle parlait pour elle seule, en nageant paresseusement de-ci de-là. Elle reste assise au coin du feu, à ronronner d'une façon charmante, tout en se léchant les pattes et en se lavant la figure; et puis c'est si doux de la caresser; enfin, elle est vraiment de première force pour attraper les souris... Oh! je t'en prie, excuse-moi! s'écria de nouveau Alice, car, cette fois-ci, la Souris était toute hérissée, et la petite fille était sûre de l'avoir offensée gravement. Nous ne parlerons plus de ma chatte, puisque ça te déplaît.

— *Nous* n'en parlerons plus! s'écria la Souris qui tremblait jusqu'au bout de la queue. Comme si, *moi*, j'allais parler d'une chose pareille! Dans notre famille, nous avons toujours exécré les chats : ce sont des créatures vulgaires, viles, répugnantes! Ne t'avise plus de prononcer le mot : chat!

37

— Je m'en garderai bien! dit Alice qui avait hâte de changer de conversation. Est-ce que tu... tu... aimes les... les... chiens?

La Souris ne répondant pas, Alice continua avec empressement :

— Il y a près de chez nous un petit chien si charmant que j'aimerais bien pouvoir te le montrer! Vois-tu, c'est un petit terrier aux grands yeux brillants, au poil long et bouclé; oh, il est adorable! Il va chercher les objets qu'on lui jette, il se dresse sur ses pattes de derrière pour mendier son dîner, et il fait tellement de tours que j'en oublie toujours plus de la moitié. Il appartient à un fermier qui dit que ce chien lui est si utile qu'il vaut plus de deux mille francs! Il dit qu'il tue les rats et... Oh, mon Dieu! s'écria Alice d'un ton chagrin, j'ai bien peur de l'avoir offensée une fois de plus!

En effet, la Souris s'éloignait d'elle en nageant aussi vite que possible, et en soulevant une véritable tempête à la surface de la mare.

Alice l'appela doucement :

— Ma petite Souris chérie! Je t'en prie, reviens, et nous ne parlerons plus ni de chats ni de chiens, puisque tu ne les aimes pas!

Quand la Souris entendit cela, elle fit demi-tour et nagea lentement vers Alice; son visage était tout pâle (de colère, pensa la petite fille), et elle déclara d'une voix basse et tremblante :

— Regagnons la terre ferme; là, je te raconterai mon histoire; tu comprendras alors pourquoi je déteste les chats et les chiens.

Il était grand temps de partir, la mare se trouvant à présent fort encombrée par les oiseaux et les animaux qui y étaient tombés : il y avait un Canard, un Dodo, un Lori, un Aiglon, et plusieurs autres créatures bizarres. Alice montra le chemin, et toute la troupe gagna la terre à la nage.

Chapitre 3
Une course au caucus[1] et une longue histoire

Étrange troupe, en vérité, que celle qui s'assembla sur la rive : oiseaux aux plumes mouillées, animaux dont la fourrure collait au corps, tous trempés comme

1. Le mot anglais « caucus » signifie : « comité électoral, clique politique ». Peut-être faut-il voir dans cette « course au caucus » une critique des coutumes électorales en Angleterre à l'époque de Lewis Carroll.

des soupes, mal à l'aise, et de mauvaise humeur.

Naturellement, la question la plus importante était de savoir comment se sécher : ils tinrent conseil à ce sujet, et, au bout de quelques minutes, Alice trouva tout naturel de bavarder familièrement avec eux, comme si elle les avait connus toute sa vie. En réalité, elle eut une très longue discussion avec le Lori qui finit par bouder et se contenta de déclarer : « Je suis plus âgé que toi, je sais mieux que toi ce qu'il faut faire »; mais Alice ne voulut pas admettre cela avant de connaître son âge, et, comme le Lori refusa catégoriquement de le dire, les choses en restèrent là.

Finalement, la Souris, qui semblait avoir beaucoup d'autorité sur eux, ordonna d'une voix forte :

— Asseyez-vous, tous tant que vous êtes, et écoutez-moi! Je vais vous sécher, moi, en deux temps et trois mouvements!

Tous s'assirent aussitôt en formant un large cercle dont la Souris était le centre. Alice la regardait fixement d'un air inquiet, car elle était sûre d'attraper un mauvais rhume si elle ne se séchait pas bien vite.

— Hum! Hum! reprit la Souris d'un air important. Tout le monde est prêt? Voici la chose la plus sèche que je connaisse. Faites silence, s'il vous plaît! Je commence :

« Guillaume le Conquérant, à la cause duquel le pape était favorable, reçut bientôt la soumission des Anglais qui avaient besoin de chefs et qui étaient habitués depuis quelque temps à l'usurpation et à la conquête. Edwin et Morcar, comtes de Mercie et de Northumbrie... »

— Pouah! s'exclama le Lori en frissonnant.

— Plaît-il? demanda la Souris très poliment, mais en fronçant le sourcil. Tu as dit quelque chose?

— Ça n'est pas moi! répliqua vivement le Lori.

— Ah! j'avais cru t'entendre parler... Je continue : « Edwin et Morcar, comtes de Mercie et de Northumbrie, se déclarèrent pour lui; et Stigand lui-même, archevêque de Canterbury, bien connu pour son patriotisme, trouvant cela opportun... »

— Trouvant quoi? demanda le Canard.

— Trouvant *cela*, répondit la Souris d'un ton plutôt maussade. Je suppose que tu sais ce que « cela » veut dire.

— Je sais ce que « cela » veut dire quand c'est moi qui le trouve, rétorqua le Canard. C'est généralement une grenouille ou un ver. La question est de savoir ce que trouva l'archevêque.

La Souris fit semblant de ne pas avoir entendu cette question, et continua vivement :

« ... trouvant cela opportun, accompagna Edgard Atheling à la rencontre de Guillaume pour offrir la couronne à ce dernier. Tout d'abord, l'attitude de Guillaume fut raisonnable; mais l'insolence de ses Normands »... Comment te sens-tu à présent, ma petite? dit-elle en se tournant vers Alice.

— Plus mouillée que jamais, répondit la fillette d'une voix mélancolique; ça n'a pas l'air de me sécher le moins du monde.

— Dans ce cas, déclara solennellement le Dodo en se levant, je propose que la réunion soit remise à une date ultérieure, et que nous adoptions sans plus tarder des mesures plus énergiques qui soient de nature à...

— Parle plus simplement! s'exclama l'Aiglon[c]. Je ne comprends pas la moitié de ce que tu racontes, et, par-dessus le marché, je crois que tu ne comprends pas, toi non plus!

Sur ces mots, il baissa la tête pour dissimuler un sourire; on entendit nettement quelques oiseaux ricaner.

— Ce que j'allais dire, reprit le Dodo d'un ton vexé, c'est que la meilleure chose pour nous sécher serait une course au Caucus.

— Qu'est-ce que c'est qu'une course au Caucus? demanda Alice. (Non pas qu'elle tînt beaucoup à le savoir; mais le Dodo s'était tu comme s'il estimait que quelqu'un devait prendre la parole, et personne n'avait l'air de vouloir parler.)

— Ma foi, répondit-il, la meilleure façon d'expliquer ce que c'est qu'une course au Caucus, c'est de la faire.

Et, comme vous pourriez avoir envie d'essayer vous-même, un jour d'hiver, je vais vous raconter comment le Dodo procéda.

D'abord, il traça les limites d'un champ de course à peu près circulaire (« La forme n'a pas d'importance », dit-il); puis tous les membres du groupe se placèrent sur le terrain au petit bonheur. Il n'y eut pas de : « Un, deux, trois, partez! » Chacun se mit à courir quand il lui plut et s'arrêta de même, si bien qu'il fut assez difficile de savoir à quel moment la course était terminée. Néanmoins, lorsqu'ils eurent couru pendant une demi-heure environ et qu'ils furent tous bien secs de nouveau, le Dodo cria brusquement : « La course est finie! » Sur quoi, ils s'attroupèrent autour de lui en demandant d'une voix haletante : « Mais qui a gagné? »

Le Dodo ne put répondre à cette question avant d'avoir mûrement réfléchi, et il resta assis pendant un bon moment, un doigt sur le front (c'est dans cette position qu'on voit Shakespeare, la plupart du temps, sur les tableaux qui le représentent), tandis que les autres attendaient sans rien dire. Finalement, il déclara :

— Tout le monde sans exception a gagné; chacun de nous doit recevoir un prix.

— Mais qui va donner les prix? demandèrent les autres en chœur.

— C'est elle, bien sûr, dit le Dodo, en montrant Alice du doigt.

Et, immédiatement, tous s'attroupèrent autour d'elle, en criant tumultueusement : « Des prix! Des prix! »

Alice ne savait que faire. En désespoir de cause, elle mit la main à la poche, en tira une boîte de dragées (fort heureusement l'eau salée n'avait pas pénétré dans la boîte), et les distribua en guise de prix. Il y en avait exactement une pour chacun.

— Mais il faut qu'elle ait un prix, elle aussi, dit la Souris.

— Bien sûr, affirma le Dodo d'un ton très sérieux. Qu'as-tu encore dans ta poche? continua-t-il en se tournant vers Alice.

— Rien qu'un dé à coudre, répondit-elle tristement.

— Passe-le-moi, ordonna-t-il.

Une fois de plus, tous se pressèrent autour d'elle, tandis que le Dodo présentait solennellement le dé à Alice, en disant : « Nous vous prions de bien vouloir accepter cet élégant dé à coudre. » Quand il eut achevé ce bref discours, les assistants poussèrent des acclamations.

Alice jugea tout cela parfaitement absurde, mais ils avaient l'air si sérieux qu'elle n'osa pas rire; comme elle ne trouvait rien à répondre, elle se contenta de s'incliner et de prendre le dé, d'un air aussi grave que possible.

Il fallait à présent manger les dragées, ce qui n'alla pas sans beaucoup de bruit et de désordre : en effet, les gros oiseaux se plaignirent de ne pas avoir le temps de goûter les leurs, et les petits s'étranglèrent, si bien qu'on fut obligé de leur tapoter le dos. Cependant, tout finit par s'arranger; ils s'assirent en cercle de nouveau, et prièrent la Souris de leur narrer autre chose.

— Tu m'avais promis de m'expliquer pourquoi tu détestes les... C,H,A,T,S, et les C,H,I,E,N,S, dit Alice à voix basse (craignant de la froisser une fois de plus) et de me raconter ton histoire.

— Elle est bien longue et bien triste! s'exclama la Souris en soupirant et en regardant sa queue[d].

— Il est exact qu'elle est très longue, déclara Alice, en regardant la queue, elle aussi, d'un air stupéfait, mais pourquoi la trouves-tu triste?

Et, pendant que la Souris parlait, Alice continuait à se casser la tête à ce propos, de sorte que l'idée qu'elle se faisait de l'histoire ressemblait un peu à ceci...

47

Fureur dit à
une Souris Qu'il
avait trouvée au
logis : " Allons
devant le tri-
bunal : Je te
poursuis de-
vant la loi.
Je n'accepte
pas de refus;
Je tiens que
ce procès
m'est dû :
Or il se
trouve
qu'au-
jourd'hui
moi je
n'ai rien
à faire; et
toi ?" La
souris ré-
pond au ro-
quet : " Mon
cher mon-
sieur, un tel
procès, Sans
juge et sans
aucun jury,
Ne se peut pas,
je le crains
fort. — Je se-
rai juge et
puis juré ",
répondit
Fureur le
rusé. " C'est
moi qui ren-
drai le
verdict.
Je te
condam-
nerai
à
m
o
r
t.

— Tu n'écoutes pas! s'écria la Souris d'un ton sévère. A quoi penses-tu?

— Je te demande pardon, dit Alice très humblement. Tu en étais arrivée à la cinquième courbe, n'est-ce pas?

— Mais pas du tout! s'exclama la Souris d'un ton furieux. Je n'étais pas encore au nœud de mon histoire[e]!

— Il y a donc un nœud quelque part? demanda Alice, toujours prête à se rendre utile, en regardant anxieusement autour d'elle. Oh, je t'en prie, laisse-moi t'aider à le défaire!

— Jamais de la vie! rétorqua la Souris en se levant et en s'éloignant. Tu m'insultes en racontant des bêtises pareilles!

— Je ne l'ai pas fait exprès! dit la pauvre Alice pour s'excuser. Mais, aussi, tu te froisses à propos de tout!

La Souris, en guise de réponse, se contenta de grogner.

— Je t'en prie, reviens et achève ton histoire! s'écria Alice.

Et tous les autres s'exclamèrent en chœur :

— Oui, nous t'en prions!

Mais la Souris se contenta de hocher la tête avec impatience, en s'éloignant un peu plus vite.

— Quel dommage qu'elle n'ait pas voulu rester! déclara le Lori en soupirant, aussitôt qu'elle eut disparu.

Une mère Crabe profita de l'occasion pour dire à sa fille :

— Ah! ma chérie! Que ceci te serve de leçon et t'apprenne à ne jamais te mettre en colère!

— Tais-toi, m'man! répondit la petite d'un ton acariâtre. Ma parole, tu ferais perdre patience à une huître!

— Ce que je voudrais avoir notre Dinah avec moi! s'exclama Alice à haute voix, mais sans s'adresser à personne en particulier. Elle aurait vite fait de la ramener!

— Et qui est Dinah, si je puis me permettre de poser cette question? demanda le Lori.

Alice répondit avec empressement, car elle était toujours prête à parler de son animal favori :

— Dinah est notre petite chatte. Elle est vraiment merveilleuse pour attraper les souris, tu ne peux pas t'en faire une idée! Et je voudrais que tu la voies quand elle chasse les oiseaux! Elle avale un petit oiseau en un rien de temps!

Ces paroles causèrent une grande sensation dans l'assistance. Quelques oiseaux s'envolèrent sans plus attendre. Une vieille Pie commença à s'emmitoufler très soigneusement en marmottant : « Il faut absolument que je rentre; l'air de la nuit me fait mal à la gorge! » et un Serin cria à ses enfants d'une voix tremblante : « Partons, mes chéris! Vous devriez être au lit depuis longtemps déjà! »

Sous des prétextes divers, tous s'éloignèrent, et, bientôt, Alice se trouva seule.

« Ce que je regrette d'avoir parlé de Dinah! se dit-elle d'une voix mélancolique. Personne ici n'a l'air de l'aimer, et pourtant je suis sûre que c'est la meilleure chatte du monde! Oh! ma chère Dinah! »

Là-dessus, la pauvre fille se remit à pleurer, car elle se sentait très seule et très abattue. Mais, au bout d'un moment, elle entendit dans le lointain un léger bruit de pas; alors, elle leva des yeux avides, espérant vaguement que la Souris avait changé d'idée et revenait pour achever son histoire.

Chapitre 4
Le lapin envoie
pierre et pierres

C'était le Lapin Blanc qui revenait en trottant avec lenteur et en jetant autour de lui des regards inquiets comme s'il avait perdu quelque chose. Alice l'entendit murmurer : « La Duchesse! La Duchesse! Oh, mes pauvres petites pattes! Oh, ma fourrure et mes moustaches! Elle va me faire exécuter, aussi sûr que les furets sont des furets! Où diable ai-je bien pu les laisser tomber? »

Alice devina sur-le-champ qu'il cherchait l'éventail et les gants de chevreau blancs; très gentiment, elle se mit à les chercher à son tour, mais elle ne les trouva nulle part; tout semblait changé depuis qu'elle était sortie de la mare : la grande salle, la table de verre et la petite clé avaient complètement disparu.

Bientôt le Lapin vit Alice en train de fureter partout, et il l'interpella avec colère : « Eh bien, Marie-Anne, que diable faites-vous là? Filez tout de suite à la maison, et rapportez-moi une paire de gants et un éventail! Allons, vite! »

Alice eut si peur qu'elle partit immédiatement

à toutes jambes dans la direction qu'il lui montrait du doigt, sans essayer de lui expliquer qu'il s'était trompé.

« Il m'a pris pour sa bonne », se disait-elle tout en courant. « Comme il sera étonné quand il saura qui je suis! Mais je ferais mieux de lui rapporter son éventail et ses gants... du moins si j'arrive à les trouver. » Comme elle prononçait ces mots, elle arriva devant une petite maison fort coquette, sur la porte de laquelle se trouvait une plaque de cuivre étincelante où était gravé le nom : « L. BLANC ». Elle entra sans frapper, puis monta l'escalier quatre à quatre, car elle avait très peur de rencontrer la véritable Marie-Anne et de se faire expulser de la maison avant d'avoir trouvé l'éventail et les gants.

« Ce que ça semble drôle, pensa Alice, de faire des commissions pour un lapin! Après ça, je suppose que c'est Dinah qui m'enverra faire des commissions! » Et elle commença à s'imaginer ce qui se passerait :

— Mademoiselle Alice, venez tout de suite vous habiller pour aller faire votre promenade! — J'arrive dans un instant, Mademoiselle! Mais il faut que je surveille ce trou de souris jusqu'au retour de Dinah, pour empêcher la souris de sortir.

« Seulement, continua Alice, je ne crois pas qu'on garderait Dinah à la maison si elle se mettait à donner des ordres comme ça! »

Elle était arrivée maintenant dans une petite chambre merveilleusement bien rangée. Devant la fenêtre se trouvait une table; sur la table, comme elle l'avait espéré, il y avait un éventail et deux ou trois paires de minuscules gants de chevreau blancs. Elle prit l'éventail et une paire de gants, et elle s'apprêtait à quitter la chambre quand son regard se posa sur une petite bouteille à côté d'un miroir. Cette fois, il n'y avait pas d'étiquette portant les mots : « BOIS-MOI », mais, cependant, elle déboucha la bouteille et la porta à ses lèvres. « Je sais qu'il arrive toujours quelque chose d'intéressant chaque fois que je mange ou que je bois n'importe quoi, se dit-elle. Je vais voir l'effet que produira cette bouteille. J'espère bien qu'elle me fera grandir de nouveau, car, vraiment, j'en ai assez d'être si minuscule ! »

Elle se mit effectivement à grandir, et plus tôt qu'elle ne s'y attendait. Avant d'avoir bu la moitié du contenu

de la bouteille, elle s'aperçut que sa tête était pressée contre le plafond, si bien qu'elle dut se baisser pour éviter d'avoir le cou rompu. Elle se hâta de remettre la bouteille à sa place, en se disant : « Ça suffit comme ça... J'espère que je ne grandirai plus... Au point où j'en suis, je ne peux déjà plus sortir par la porte... Ce que je regrette d'avoir tant bu! »

Hélas! les regrets étaient inutiles! Elle continuait à grandir sans arrêt, et, bientôt, elle fut obligée de s'agenouiller sur le plancher. Une minute plus tard, elle n'avait même plus assez de place pour rester à genoux. Elle essaya de voir si elle serait mieux en se couchant, un coude contre la porte, son autre bras replié sur la tête. Puis, comme elle ne cessait toujours pas de grandir, elle passa un bras par la fenêtre, mit un pied dans la cheminée, et se dit : « A présent je ne peux pas faire plus, quoi qu'il arrive. Que vais-je devenir? »

Fort heureusement, la petite bouteille magique ayant produit tout son effet, Alice s'arrêta de grandir; malgré tout, elle était très mal à l'aise, et, comme elle ne semblait pas avoir la moindre chance de pouvoir sortir un jour de la petite chambre, il n'était pas surprenant qu'elle se sentît malheureuse.

« C'était bien plus agréable à la maison, pensait la pauvre fille; on ne grandissait pas et on ne rapetissait pas à tout bout de champ, et il n'y avait pas de souris ni de lapin pour vous envoyer de côté et d'autre. Je regrette presque d'être entrée dans ce terrier... Et pourtant... et pourtant... le genre de vie que je mène est vraiment très curieux! Je me demande ce qui a bien pu m'arriver! Au temps où je lisais des contes de fées, je m'imaginais que ce genre de choses n'arrivait jamais, et voilà que je me trouve en plein dedans! On devrait écrire un livre sur moi, ça, oui! Quand je serai grande, j'en écrirai un... Mais je suis assez grande maintenant, ajouta-t-elle d'une voix désolée; en tout cas, ici, je n'ai plus du tout de place pour grandir...

« Mais alors, poursuivit-elle, est-ce que j'aurai toujours l'âge que j'ai aujourd'hui? D'un côté ce serait bien réconfortant de ne jamais devenir une vieille femme... mais, d'un autre côté, avoir des leçons à apprendre pendant toute ma vie!... Oh! je n'aimerais pas ça du tout! »

« Ma pauvre Alice, ce que tu peux être sotte! se répondit-elle. Comment pourrais-tu apprendre des leçons ici? C'est tout juste s'il y a assez de place pour toi! Il n'y en a pas du tout pour un livre de classe! »

Elle continua de la sorte pendant un bon moment, tenant une véritable conversation à elle seule, en faisant alternativement les questions et les réponses. Puis, au bout de quelques minutes, elle entendit une voix à l'extérieur de la maison, et se tut pour écouter.

« Marie-Anne! Marie-Anne! disait la voix. Apportez-moi mes gants tout de suite! »

Ensuite, Alice entendit un bruit de pas pressés dans l'escalier. Elle comprit que c'était le Lapin qui venait voir ce qu'elle devenait, et elle se mit à trembler au point d'ébranler toute la maison, car elle avait oublié qu'elle était à présent mille fois plus grosse que le Lapin et qu'elle n'avait plus aucune raison d'en avoir peur.

Bientôt le Lapin arriva à la porte et essaya de l'ouvrir; mais, comme elle s'ouvrait en dedans et comme le coude de la fillette était fortement appuyé contre le battant, cette tentative échoua. Alice entendit le

Lapin qui disait : « Puisque c'est ainsi, je vais faire le tour et entrer par la fenêtre. »

« Si tu crois ça, tu te trompes! » pensa-t-elle. Elle attendit un moment, puis, lorsqu'il lui sembla entendre le Lapin juste sous la fenêtre, elle ouvrit brusquement la main et fit un grand geste comme pour attraper une mouche. Elle n'attrapa rien, mais elle entendit un cri aigu, un bruit de chute et un fracas de verre

brisé : d'où elle conclut que le Lapin avait dû tomber sur un châssis à concombres, ou quelque chose de ce genre.

Ensuite résonna une voix furieuse, la voix du Lapin, en train de crier : « Pat! Pat! Où es-tu? »

Après quoi, une voix qu'elle ne connaissait pas

répondit : « Ben, j'suis là, pour sûr! J'arrache des pommes, not' maît'!

— Ah! vraiment, tu arraches des pommes! Arrive ici! Viens m'aider à sortir de là! (Nouveau fracas de verre brisé). Voyons, Pat, dis-moi un peu : qu'est-ce que tu aperçois à la fenêtre?

— Pour sûr que c'est un bras, not' maît'! (Il prononçait : brâââs).

— Un bras, imbécile! Qui a jamais vu un bras de cette taille? Ma parole, il bouche complètement la fenêtre!

— Pour sûr que c'est ben vrai, not' maît'; mais, malgré ça, c'est ben un bras.

— En tout cas, il n'a rien à faire là : va donc l'enlever! »

Cette conversation fut suivie d'un long silence, et Alice n'entendit plus que quelques phrases à voix basse de temps à autre, telles que : « Pour sûr, j'aime pas ça du tout, not' maît'; vrai, j'aime pas ça du tout! » et : « Fais ce que je te dis, espèce de poltron! »

Finalement, Alice ouvrit la main de nouveau et fit encore un grand geste comme pour attraper une mouche. Cette fois, il y eut *deux* cris aigus et un nouveau fracas de verre brisé. « Qu'est-ce qu'il doit y avoir comme châssis à concombres! pensa Alice. Je me demande ce qu'ils vont faire à présent! Pour ce qui est de me retirer de la fenêtre, je voudrais bien qu'ils puissent y arriver! Moi, je n'ai pas envie de rester ici plus longtemp-temps! »

Pendant un moment, elle n'entendit plus rien; puis vint le grondement sourd de petites roues de charrette et le bruit de plusieurs voix en train de parler en même temps. Elle distingua les phrases suivantes :

« — Ousqu'est l'autre échelle? — On m'a dit d'en apporter qu'une; c'est Pierre qu'a l'autre. — Pierre, amène-la ici, mon gars! — Mettez-les à ce coin-ci. — Non, faut d'abord les attacher bout à bout; elles arrivent point assez haut. — Oh! ça fera comme ça, t'es ben difficile. — Dis-donc, Pierre, attrape-moi cette corde! — Est-ce que le toit supportera son poids! — Attention à cette ardoise qu'est détachée! — Ça y est, elle dégringole! Gare là-dessous! » (Ici il y eut un grand fracas). « — Qui c'est qu'a fait ça? — Je crois que c'est Pierre. — Qui va descendre dans la cheminée? — Moi, je ne marche pas! Vas-y, toi! — Si c'est comme ça, j'y vais point, moi non plus! — C'est Pierre qui doit descendre. — T'entends, Pierre? le maître dit que tu dois descendre dans la cheminée! »

« Ah, vraiment! Pierre doit descendre dans la cheminée! pensa Alice. Ma parole, c'est à croire que tout retombe sur le dos de Pierre! Je ne voudrais pour rien au monde être à la place de Pierre : cette cheminée est étroite, c'est vrai, mais je crois bien que j'ai la place de donner un coup de pied! »

Elle retira son pied aussi loin qu'elle le put, et attendit. Bientôt, elle entendit les griffes d'un petit animal (elle ne put deviner quelle sorte d'animal c'était) gratter les parois de la cheminée juste au-dessus d'elle. Elle se dit : « Voici Pierre », donna un grand coup de pied, et prêta l'oreille pour savoir ce qui allait se passer.

D'abord elle entendit plusieurs voix qui s'exclamaient en chœur : « — Tiens, voilà Pierre! »... Puis le Lapin ordonna : « — Attrapez-le, vous, là-bas, près de la haie! »... Puis il y eut un silence... puis un chœur de voix confuses : — « Relevez-lui la tête. — Un peu d'eau-de-vie maintenant. — Ne l'étouffez pas. — Comment ça s'est-il passé, mon vieux? Qu'est-ce qui t'est arrivé? Raconte-nous ça! »

Finalement, une petite voix faible et glapissante se fit entendre : (« Ça, c'est Pierre », pensa Alice).

— Ma parole, je ne sais pas... Non, merci, j'en ai assez... Oui, je me sens mieux, mais je suis encore trop étourdi pour vous raconter... Tout ce que je sais, c'est qu'un espèce de machin m'a cogné comme un diable qui sort d'un boîte, et me v'là parti en l'air comme une fusée!

— Pour ça, oui, c'est ben vrai, mon vieux! s'exclamèrent les autres.

— Il va falloir brûler la maison! dit la voix du Lapin.

— Si vous faites ça, je lance Dinah à vos trousses! s'écria Alice de toutes ses forces.

Un silence de mort régna aussitôt, et elle pensa : « Je me demande ce qu'ils vont bien pouvoir inventer à présent! S'ils avaient pour deux sous de bon sens, ils enlèveraient le toit. »

Au bout d'une minute ou deux, ils recommencèrent à s'agiter, et Alice entendit le Lapin qui disait : « Une brouettée suffira pour commencer. »

« Une brouettée de *quoi?* » pensa la fillette. Mais elle ne tarda pas à être fixée, car, une seconde plus tard, une averse de petits cailloux s'abattit sur la fenêtre, et quelques-uns la frappèrent au visage. « Je vais faire arrêter ça », se dit-elle; puis elle cria de toute sa force : « Vous ferez bien de ne pas recommencer! » ce qui amena un silence de mort.

Alice remarqua, non sans surprise, que les cailloux éparpillés sur le plancher se transformaient en petits gâteaux, et une idée lumineuse lui vint. « Si j'en mange un, pensa-t-elle, il va sûrement me faire changer de taille; et, comme il est impossible qu'il me fasse encore grandir, je suppose qu'il va me faire rapetisser. »

Là-dessus, elle avala un gâteau, et fut ravie de voir qu'elle commençait à diminuer immédiatement. Dès qu'elle fut assez petite pour pouvoir passer la porte, elle sortit de la maison en courant. Dans le jardin, elle trouva un grand nombre de petits animaux et d'oiseaux. Pierre, le pauvre Lézard, était au milieu du groupe, soutenu par deux cochons d'Inde qui lui versaient à boire. Tous se ruèrent dans la direction d'Alice dès qu'elle se montra, mais elle s'enfuit à toutes jambes et se trouva bientôt en sécurité dans un bois touffu.

« La première chose que je dois faire, se dit-elle tout en marchant dans le bois à l'aventure, c'est retrouver ma taille normale; après ça, il faut que j'arrive à pénétrer dans ce charmant jardin. Je crois que c'est un très bon projet. »

En vérité, ce projet semblait excellent, à la fois simple et précis; la seule difficulté c'est qu'Alice ne savait pas le moins du monde comment le mettre à exécution. Tandis qu'elle regardait autour d'elle avec inquiétude parmi les arbres, un petit aboiement sec juste au-dessus de sa tête lui fit lever les yeux en toute hâte.

Un énorme petit chien la regardait d'en haut avec de grands yeux ronds, et essayait de la toucher en tendant timidement une de ses pattes.

« Pauvre petite bête! » dit Alice d'une voix caressante. Puis elle essaya tant qu'elle put de siffler le petit chien; mais, en réalité, elle avait terriblement peur à l'idée qu'il pouvait avoir faim car, dans ce cas, il aurait pu tout aussi bien la dévorer, malgré ses cajoleries.

Ne sachant trop que faire, elle ramassa un bout de bâton et le lui tendit; alors le petit chien fit un grand saut en l'air en jappant de plaisir, puis il se jeta sur le bâton qu'il se mit à mordiller; Alice s'esquiva derrière un grand chardon pour éviter d'être renversée, mais, dès qu'elle se montra de l'autre côté du chardon, le petit chien se précipita de nouveau sur le bâton et fit la cabriole dans sa hâte de s'en emparer; alors Alice (qui avait nettement l'impression de jouer avec un cheval de trait, et qui s'attendait à être piétinée d'un moment à l'autre) s'esquiva de nouveau derrière le chardon; sur quoi, le petit chien exécuta une série de courtes attaques contre le bâton, avançant très peu et reculant beaucoup chaque fois, sans cesser d'aboyer d'une voix rauque; finalement il s'assit à une assez grande distance, haletant, la langue pendante, et ses grands yeux mi-clos.

Alice jugea qu'elle avait là une bonne occasion de se sauver; elle partit sans plus attendre, et courut jusqu'à ce qu'elle fût épuisée, hors d'haleine, et que l'aboiement du petit chien ne résonnât plus que très faiblement dans le lointain.

« Pourtant, quel charmant petit chien c'était! » se dit-elle en s'appuyant contre un bouton d'or pour se reposer, et en s'éventant avec une de ses feuilles. « J'aurais bien aimé lui apprendre à faire des tours si... si seulement j'avais eu la taille qu'il faut pour ça! Oh! mon Dieu! J'avais presque oublié que je dois grandir! Voyons... comment est-ce que je vais m'y prendre ? Je suppose que je devrais manger ou boire quelque chose ; mais la grande question est : quoi ? »

La grande question était certainement : quoi ? Alice regarda les fleurs et les brins d'herbe autour d'elle, sans rien voir qui ressemblât à la chose qu'il fallait manger ou boire, étant donné les circonstances. Tout près d'elle se dressait un champignon à peu près de sa taille ; quand elle eut regardé sous le champignon, derrière le champignon, et des deux côtés du champignon, l'idée lui vint qu'elle pourrait également regarder ce qu'il y avait sur le dessus du champignon.

Elle se dressa sur la pointe des pieds, jeta un coup d'œil attentif, et son regard rencontra immédiatement celui d'une grosse chenille bleue, assise les bras croisés, fumant tranquillement un long narguilé, sans prêter la moindre attention à Alice ou à quoi que ce fût.

Chapitre 5
Conseils d'une chenille

La Chenille et Alice se regardèrent un bon moment en silence. Finalement, la Chenille retira son narguilé de sa bouche, puis demanda d'une voix languissante et endormie :

— Qui es-tu ?

Ce n'était pas un début de conversation très encourageant. Alice répondit d'un ton timide :

— Je... Je... ne sais pas très bien, madame, du moins pour l'instant... Je sais qui j'*étais* quand je me suis levée ce matin, mais je crois qu'on a dû me changer plusieurs fois depuis ce moment-là.

— Que veux-tu dire? demanda la Chenille d'un ton sévère. Explique-toi!

— Je crains de ne pas pouvoir m'expliquer, madame, parce que je ne suis pas moi, voyez-vous!

— Non, je ne vois pas.

— J'ai bien peur de ne pas pouvoir m'exprimer plus clairement, reprit Alice avec beaucoup de politesse, car, tout d'abord, je ne comprends pas moi-même ce qui m'arrive, et, de plus, ça vous brouille les idées de changer si souvent de taille dans la même journée.

— Pas du tout.

— Vous ne vous en êtes peut-être pas aperçue jusqu'à présent; mais, quand vous serez obligée de vous transformer en chrysalide (ça vous arrivera un de ces jours, vous savez), puis en papillon, je suppose que ça vous paraîtra un peu bizarre.

— Certainement pas.

— Il est possible que ça ne vous fasse pas cet effet-là, mais, tout ce que je sais, c'est que ça me paraîtrait extrêmement bizarre, à moi.

— A toi! s'exclama la Chenille d'un ton de mépris. Et qui es-tu, toi?

Ce qui les ramenait au début de leur conversation. Alice, un peu irritée de ce que la Chenille lui parlât si sèchement, se redressa de toute sa hauteur et déclara d'un ton solennel :

— Je crois que c'est vous qui devriez d'abord me dire qui vous êtes.

— Pourquoi?

La question était fort embarrassante; comme Alice ne pouvait trouver une bonne raison, et comme la Chenille semblait être d'humeur très désagréable, la fillette s'éloigna.

— Reviens! lui cria la Chenille. J'ai quelque chose d'important à te dire!

Ceci semblait plein de promesses : Alice fit demi-tour et revint.

— Ne te mets jamais en colère, déclara la Chenille.

— C'est tout? demanda Alice, en maîtrisant sa fureur de son mieux.

— Non, répliqua la Chenille.

Alice pensa qu'elle pourrait aussi bien attendre, puisqu'elle n'avait rien d'autre à faire; peut-être qu'après tout la Chenille lui dirait quelque chose qui vaudrait la peine d'être entendu. Pendant quelques minutes, la Chenille fuma en silence, puis, finalement, elle décroisa ses bras, retira le narguilé de sa bouche, et dit :

— Donc, tu crois que tu es changée, n'est-ce pas?

— J'en ai peur, madame. Je suis incapable de me rappeler les choses comme avant... et je change de taille toutes les dix minutes!

— Quelles sont les choses que tu ne peux pas te rappeler?

— Eh bien, par exemple, j'ai essayé de réciter : *Petite abeille*, mais c'est venu tout différent de ce que c'est en réalité! dit Alice d'une voix mélancolique.

— Récite : *Vous êtes vieux, Père William*, ordonna la Chenille.

Alice joignit les mains et commença :

Vous êtes vieux, Père William, dit le jeune homme;
  Voyez, déjà vos cheveux sont tout blancs,
Or, sans arrêt vous faites la chandelle; en somme,
  Ça n'est pas très normal, à soixante ans.

Père William lui dit : — Du temps de ma jeunesse,
  Ça m'inquiétait un peu pour mon cerveau;
Aujourd'hui, sûr de n'en avoir pas, je confesse
  Y trouver un plaisir toujours nouveau.

— Vous êtes vieux (je l'ai déjà dit, mais qu'importe!)
  Et vous êtes très gros; et cependant,
Sans effort vous sautez par-dessus cette porte :
  Père, comment pourrais-je en faire autant?

— Dans ma jeunesse, dit-il d'une voix benoîte,
  Je gardai mon corps souple et vigoureux
Par le moyen de cet onguent (vingt sous la boîte);
  Mon fils, veux-tu que je t'en vende deux?

— Vous êtes vieux, et vos mâchoires sont trop frêles
  Pour rien mâcher que le gras de rognon ;
Vous mangeâtes pourtant, des pattes jusqu'aux ailes,
  Une oie entière : pour quelle raison ?

— Dans ma jeunesse, j'étudiais la loi sans trêve ;
  Ma femme et moi discutions chaque cas ;
D'où cette force de mâchoires dont tu rêves
  Et qui me dure depuis ce temps-là.

— Vous êtes vieux, et quand on voit vos yeux en vrille,
  Nul ne croirait que vous y voyez bien ;
Pourtant, sur votre nez, vous tenez une anguille
  En équilibre... Dites-moi, par quel moyen ?

— J'ai déjà répondu trois fois ; cela m'assomme ;
  N'essaie donc pas de prendre un air hautain !
Mon temps est trop précieux, file à l'instant, jeune homme,
  Ou je te vais botter l'arrière-train !

— Ça n'est pas ça du tout, fit observer la Chenille.

— J'ai bien peur que ça ne soit pas tout à fait ça, dit Alice timidement. Il y a quelques mots qui ont été changés.

— C'est inexact du début à la fin, affirma la Chenille d'un ton sans réplique. Puis, elle reprit, après quelques minutes de silence :

— Quelle taille veux-tu avoir?

— Oh! je ne suis pas tellement difficile pour ce qui est de la taille, répondit vivement Alice. Ce qu'il y a d'ennuyeux c'est de changer si souvent de taille, voyez-vous.

— Non, je ne vois pas.

Alice garda le silence : jamais elle n'avait été contredite tant de fois, et elle sentait qu'elle allait se mettre en colère.

— Es-tu satisfaite de ta taille actuelle? demanda la Chenille.

— Ma foi, si ça vous était égal, J'aimerais bien être un tout petit peu plus grande; huit centimètres, c'est vraiment une bien piètre taille.

— Moi, je trouve que c'est une très bonne taille! s'exclama la Chenille d'un ton furieux, en se dressant de toute sa hauteur. (Elle avait exactement huit centimètres.)

— Mais, moi, je n'y suis pas habituée! dit Alice d'une voix pitoyable, afin de s'excuser. Et elle pensa : « Je voudrais bien que toutes ces créatures ne se vexent pas si facilement! »

— Tu t'y habitueras au bout d'un certain temps, affirma la Chenille. Après quoi, elle porta le narguilé à sa bouche et se remit à fumer.

Cette fois Alice attendit patiemment qu'il lui plût de parler. Au bout d'une ou deux minutes, la Chenille retira le narguilé de sa bouche, bâilla une ou deux fois, et se secoua. Puis, elle descendit du champignon et s'éloigna dans l'herbe en rampant, après avoir prononcé ces simples mots :

— Un côté te fera grandir, l'autre côté te fera rapetisser.

« Un côté de quoi? L'autre côté de quoi? » pensa Alice.

— Du champignon, dit la Chenille, exactement comme si la fillette avait posé ses questions à haute voix. Après quoi elle disparut.

Alice regarda pensivement le champignon pendant une bonne minute, en essayant de distinguer où se trouvaient les deux côtés; mais, comme il était parfaitement rond, le problème lui parut bien difficile. Néanmoins, elle finit par étendre les deux bras autour du champignon aussi loin qu'elle le put, et en détacha un morceau de chaque main.

« Et maintenant, lequel des deux est le bon? » se dit-elle. Là-dessus elle grignota un petit bout du morceau qu'elle tenait dans sa main droite, pour voir l'effet produit. L'instant d'après, elle ressentit un coup violent sous le menton : il était tombé sur ses pieds!

Terrifiée par ce changement particulièrement soudain, elle comprit qu'il n'y avait pas de temps à perdre, car elle diminuait rapidement; en conséquence, elle entreprit de manger un peu de l'autre morceau. Son menton était tellement comprimé contre son pied qu'elle avait à peine assez de place pour ouvrir la bouche, mais elle finit par y arriver et parvint à avaler un fragment du morceau qu'elle tenait dans sa main gauche.

74

— Enfin! ma tête est dégagée! s'exclama-t-elle d'un ton ravi.

Mais, presque aussitôt, son ravissement se transforma en vive inquiétude lorsqu'elle s'aperçut que ses épaules ne se trouvaient nulle part : tout ce qu'elle pouvait voir en regardant vers le bas, c'était une immense étendue de cou qui semblait se dresser comme une tige au-dessus d'un océan de feuilles vertes bien loin au-dessous d'elle.

— Qu'est-ce que c'est que toute cette verdure? poursuivit-elle. Et où donc sont passées mes épaules? Oh! mes pauvres mains, comment se fait-il que je ne puisse pas vous voir?

Elle les remuait tout en parlant, mais sans obtenir d'autre résultat que d'agiter légèrement les feuillages lointains.

Comme elle semblait n'avoir aucune chance de porter ses mains à sa tête, elle essaya d'amener sa tête au niveau de ses mains, et elle fut enchantée de découvrir que son cou se tordait aisément dans toutes les directions, comme un serpent. Elle venait de réussir à le courber vers le sol en décrivant un gracieux zigzag, et elle s'apprêtait à plonger au milieu des feuillages (qui n'étaient autres que les cimes des arbres sous lesquels elle s'était promenée quelque temps plus tôt), lorsqu'un sifflement aigu la fit reculer en toute hâte : un gros pigeon s'était jeté en plein sur son visage, et la frappait violemment de ses ailes.

— Serpent! cria le Pigeon.

— Mais je ne suis pas un serpent! riposta Alice d'un ton indigné. Laissez-moi donc tranquille!

75

— Serpent, je le répète! déclara le Pigeon d'une voix plus calme. Puis il ajouta, avec une sorte de sanglot :

— J'ai tout essayé, mais rien ne semble les satisfaire!

— Je ne comprends pas du tout de quoi vous parlez, dit Alice.

— J'ai essayé les racines d'arbres, j'ai essayé les talus, j'ai essayé les haies, continua le Pigeon, sans prêter attention à elle. Mais ces serpents! Impossible de les satisfaire!

Alice était de plus en plus intriguée; cependant elle pensa qu'il était inutile de prononcer un mot de plus avant que le Pigeon eût fini de parler.

— Comme si je n'avais pas assez de mal à couver les œufs, poursuivit-il d'un ton lamentable, il faut encore que je reste nuit et jour sur le qui-vive à cause de ces maudits serpents! Ma parole, voilà trois semaines que je n'ai pas fermé l'œil!

— Je suis navrée que vous ayez des ennuis, dit Alice qui commençait à comprendre.

— Et juste au moment où j'avais pris l'arbre le plus haut du bois, continua le Pigeon, dont la voix monta jusqu'à devenir un cri aigu, juste au moment où je croyais être enfin débarrassé d'eux, voilà qu'ils descendent du ciel en se tortillant! Pouah! Sale serpent!

— Mais je vous répète que je ne suis pas un serpent! Je suis... je suis...

— Eh bien, parlez! Dites-moi ce que vous êtes! vociféra le Pigeon. Je vois bien que vous essayez d'inventer quelque chose!

— Je... je suis une petite fille, dit Alice d'une voix hésitante, car elle se rappelait tous les changements qu'elle avait subis ce jour-là.

— Comme c'est vraisemblable! s'exclama le Pigeon d'un ton profondément méprisant. J'ai vu pas mal de petites filles dans ma vie, mais *aucune* n'avait un cou pareil! Non, non! Vous êtes un serpent, inutile de le nier. Je suppose que vous allez me raconter aussi que vous n'avez jamais goûté à un œuf!

— J'ai certainement goûté à des œufs, répliqua Alice, qui était une enfant très franche; mais, voyez-vous, les petites filles mangent autant d'œufs que les serpents.

— Je n'en crois rien. Pourtant, si c'est vrai, alors les petites filles sont une espèce de serpent, un point c'est tout.

Cette idée était tellement nouvelle pour Alice qu'elle resta sans mot dire pendant une ou deux minutes, ce qui donna au Pigeon l'occasion d'ajouter :

— Je sais très bien que vous cherchez des œufs; dans ces conditions, qu'est-ce que cela peut me faire que vous soyez une petite fille ou un serpent?

— Cela me fait beaucoup, à moi, dit Alice vivement. Mais il se trouve justement que je ne cherche pas d'œufs; d'ailleurs, si j'en cherchais, je ne voudrais pas de vos œufs à vous : je ne les aime pas lorsqu'ils sont crus.

— En ce cas, allez-vous en! grommela le Pigeon d'un ton maussade, en s'installant de nouveau dans son nid.

Alice se blottit parmi les arbres non sans peine,

car son cou s'empêtrait continuellement dans les branches, et, de temps en temps, elle était obligée de s'arrêter pour le dégager. Au bout d'un moment, elle se rappela qu'elle tenait encore dans ses mains les deux morceaux de champignons; alors elle se mit prudemment à la besogne, grignotant tantôt l'un tantôt l'autre, parfois devenant plus grande, parfois devenant plus petite, jusqu'à ce qu'elle eût réussi à retrouver sa taille normale.

Il y avait si longtemps que cela ne lui était pas arrivé qu'elle se sentit d'abord toute drôle; mais elle s'y habitua en quelques minutes, et commença à parler toute seule, selon son habitude : « Et voilà! j'ai réalisé la moitié de mon projet! Comme tous ces changements sont déconcertants! D'une minute à l'autre je ne sais jamais ce que je vais être! En tout cas j'ai retrouvé ma taille normale; reste maintenant à pénétrer dans le beau jardin, et ça, je me demande comment je vais m'y prendre. »

Comme elle disait ces mots, elle arriva brusquement dans une clairière où se trouvait une petite maison haute d'un mètre vingt environ. « Quels que soient les gens qui habitent là pensa Alice, ça ne serait pas à faire de leur rendre visite, grande comme je suis : ils en mourraient de peur, c'est sûr! »

En conséquence, elle se remit à grignoter le morceau qu'elle tenait dans sa main droite, et ne s'aventura près de la petite maison que lorsqu'elle eut ramené sa taille à vingt centimètres.

Chapitre 6
Poivre et cochon

Pendant une ou deux minutes elle resta à regarder la maison en se demandant ce qu'elle allait faire. Soudain un valet de pied en livrée sortit du bois en courant (elle se dit que c'était un valet de pied parce qu'il était en livrée, mais à en juger seulement d'après son visage, elle l'aurait plutôt pris pour un poisson,) et frappa très fort à la porte de ses doigts repliés. Le battant fut ouvert par un autre valet de pied en livrée, au visage tout rond, aux gros yeux saillants comme ceux d'une grenouille. Alice remarqua que les deux domestiques avaient des cheveux poudrés et tout en boucles; très curieuse de savoir de quoi il s'agissait, elle sortit du bois pour écouter.

Le Valet de pied-Poisson commença par prendre sous son bras une immense lettre, presque aussi grande que lui, puis il la tendit à l'autre en disant d'un ton solennel :

— Pour la Duchesse. Une invitation de la Reine à une partie de croquet.

Le Valet de pied-Grenouille répéta du même ton solennel, mais en changeant un peu l'ordre des mots :

— De la Reine. Une invitation à une partie de croquet pour la Duchesse.

Puis tous deux s'inclinèrent très bas, et leurs boucles s'entremêlèrent.

Alice se mit à rire si fort à ce spectacle qu'elle fut obligée de regagner le bois en courant, de peur d'être entendue. Quand elle se hasarda à jeter un coup d'œil, le Valet de pied-Poisson avait disparu, et l'autre était assis sur le sol près de la porte, à regarder fixement le ciel d'un air stupide.

Alice alla timidement jusqu'à la porte et frappa un coup.

— Ce n'est pas la peine de frapper, dit le Valet de pied, et cela pour deux raisons. D'abord parce que je suis du même côté de la porte que toi; ensuite, parce qu'il y a tellement de bruit à l'intérieur que personne ne peut t'entendre.

En effet, un vacarme vraiment extraordinaire retentissait dans la maison : un bruit continu de hurlements et d'éternuements, ponctué de temps à autre par un grand fracas, comme si on brisait un plat ou une marmite en mille morceaux.

— En ce cas, déclara Alice, pouvez-vous, je vous prie, me dire comment je dois faire pour entrer?

— Tu n'aurais pas tort de frapper, continua le Valet de pied sans l'écouter, si la porte était entre nous. Par exemple, si tu étais à l'intérieur, tu pourrais frapper, et moi je pourrais te faire sortir.

Il ne cessait pas de regarder le ciel tout en parlant, ce qu'Alice trouvait parfaitement impoli. « Après tout, pensa-t-elle, peut-être qu'il ne peut pas faire autrement : il a les yeux si près du haut de la tête! Mais, du moins, il pourrait répondre aux questions qu'on lui pose... »

— Comment dois-je faire pour entrer? répéta-t-elle à haute voix.

— Je vais rester assis ici jusqu'à demain, déclara-t-il.

A ce moment, la porte de la maison s'ouvrit, et une grande assiette fendit l'air, droit vers la tête du Valet de pied; elle lui effleura le nez pour se briser enfin contre un des arbres qui se trouvaient derrière lui.

— ... ou peut-être jusqu'à après-demain, continua-t-il sur le même ton, exactement comme si rien ne s'était passé.

— Comment dois-je faire pour entrer? demanda Alice d'une voix encore plus forte.

— Faut-il vraiment que tu entres? riposta-t-il. Voilà la première question à poser.

C'était parfaitement exact, mais Alice trouva mauvais qu'on le lui rappelât.

— La façon dont toutes ces créatures discutent est vraiment insupportable, murmura-t-elle. Il y a de quoi vous rendre folle!

Le Valet de pied eut l'air de juger que le moment était venu de répéter sa remarque, avec des variantes :

— Je resterai ici sans désemparer, dit-il, pendant des jours et des jours.

— Mais que dois-je faire?

— Ce que tu voudras, répondit-il en se mettant à siffler.

— Oh! il est inutile de lui parler! s'exclama Alice en désespoir de cause. Il est complètement idiot!

Sur ces mots, elle ouvrit la porte et entra.

La porte donnait directement sur une grande cuisine pleine de fumée d'un bout à l'autre; la Duchesse, assise sur un tabouret à trois pieds, était en train de bercer un bébé; la cuisinière, penchée au-dessus du feu, remuait de la soupe dans un grand chaudron.

— Il y a certainement trop de poivre dans cette soupe! parvint à dire Alice, tout en éternuant tant qu'elle pouvait.

Il y en avait certainement beaucoup trop dans l'air. La Duchesse elle-même éternuait de temps à autre; le bébé éternuait et braillait alternativement, sans interruption. Les seuls occupants de la cuisine qui n'éternuaient pas étaient la cuisinière et un gros

chat, assis sur la plaque de l'âtre, qui souriait jusqu'aux oreilles.

— S'il vous plaît, madame, demanda Alice assez timidement, car elle n'était pas très sûre qu'il fût très poli de parler la première, pourriez-vous me dire pourquoi votre chat sourit comme ça?

— C'est un chat du comté de Chester, dit la Duchesse; voilà pourquoi. Cochon!

Elle prononça ce dernier mot si brusquement et avec tant de violence qu'Alice sursauta; mais elle vit tout de suite que le mot s'adressait au bébé et non pas à elle, c'est pourquoi elle reprit courage et continua :

— Je ne savais pas que les chats du comté de Chester souriaient toujours; en fait, je ne savais pas que les chats étaient capables de sourire.

— Tous les chats sont capables de sourire, et ils sourient pour la plupart.

— Je n'en ai jamais vu sourire, dit Alice très poliment, tout heureuse de voir que la conversation était engagée.

— Tu n'as pas vu grand-chose, c'est un fait.

Le ton de cette remarque déplut beaucoup à Alice qui jugea qu'il vaudrait peut-être mieux passer à un autre sujet. Pendant qu'elle essayait d'en trouver un, la cuisinière retira le chaudron du feu, puis se mit immédiatement à jeter sur la Duchesse et sur le bébé tout ce qui lui tomba sous la main : d'abord vinrent la pelle, les pincettes et le tisonnier; ensuite, ce fut une averse de casseroles, d'assiettes et de plats. La Duchesse ne faisait aucune attention à ces objets, même lorsqu'ils la frappaient; quant au bébé, il hurlait déjà si fort qu'il était parfaitement impossible de savoir si les coups lui faisaient mal ou non.

— Oh, je vous en supplie, prenez garde à ce que vous faites! s'écria Alice en bondissant d'inquiétude et de terreur. Oh! ça y est, cette fois c'est son pauvre petit nez! ajouta-t-elle en voyant une casserole particulièrement volumineuse effleurer le visage du bébé.

— Si chacun s'occupait de ses affaires, grommela la Duchesse d'une voix rauque, la terre tournerait beaucoup plus vite qu'elle ne le fait.

— Ce qui ne nous avancerait à rien, dit Alice, tout heureuse d'étaler un peu de ses connaissances. Pensez au désordre que ça amènerait dans la succession du jour et de la nuit! Voyez-vous, la terre tourne sur elle-même pendant vingt-quatre heures sans relâche...

— A propos de hache, dit la Duchesse, coupez-lui donc la tête[9]!

Alice jeta un coup d'œil anxieux vers la cuisinière, pour voir si elle avait l'intention de saisir l'allusion; mais elle était fort occupée à remuer la soupe, et n'avait pas l'air d'écouter. C'est pourquoi Alice se hasarda à poursuivre :

— Du moins, il me semble bien que c'est vingt-quatre; ou bien est-ce douze? Je...

— Oh, ne m'embête pas avec tes chiffres! s'écria la Duchesse. Je n'ai jamais pu supporter les chiffres!

Là-dessus elle se remit à bercer son enfant, tout en lui chantant une espèce de berceuse et en le secouant violemment à la fin de chaque vers :

> *Parlez rudement à votre bébé;*
> *Battez-le quand il éternue;*
> *Ce qu'il en fait, c'est pour vous embêter,*
> *C'est pour cela qu'il s'évertue.*

CHŒUR

(auquel prirent part la cuisinière et le bébé)
Ouah! Ouah! Ouah!

Pendant tout le temps que la Duchesse chanta la seconde strophe de la chanson, elle n'arrêta pas de secouer violemment le bébé de haut en bas, et le pauvre petit n'arrêta pas de hurler si fort qu'Alice put à peine distinguer les paroles :

Je parle rudement à mon bébé;
Je le bats quand il éternue;
Quand il le veut, il peut apprécier
Le poivre qu'ici je remue.

CHŒUR
Ouah! Ouah! Ouah!

— Tiens, tu peux le bercer un peu, si tu veux! dit la Duchesse à Alice en lui jetant l'enfant comme un paquet. Il faut que j'aille m'apprêter pour la partie de croquet de la Reine!

Sur ces mots, elle sortit vivement de la pièce. La cuisinière lui lança une poêle à frire au moment où elle franchissait la porte, et la manqua de peu.

Alice eut du mal à saisir le bébé qui avait une forme

bizarre, et qui étendait bras et jambes dans toutes les directions, « exactement comme une étoile de mer », pensa la fillette. Le pauvre petit renâclait aussi bruyamment qu'une machine à vapeur quand elle l'attrapa ; en outre, il n'arrêtait pas de se plier en deux et de se redresser, si bien que, pendant les deux premières minutes, tout ce qu'elle put faire fut de l'empêcher de tomber.

Dès qu'elle eut compris comment il fallait s'y prendre pour le tenir (c'est-à-dire en faire une espèce de nœud, puis le saisir ferme par l'oreille droite et par le pied gauche pour l'empêcher de se dénouer), elle l'emporta en plein air. « Si je n'emmène pas cet enfant avec moi », songea-t-elle, « ces deux femmes ne manqueront pas de le tuer d'ici un jour ou deux ; ce serait un véritable meurtre que de le laisser ici ».

Elle prononça ces derniers mots à haute voix, et le bébé poussa en réponse un petit grognement (il avait cessé d'éternuer à présent).

— Ne grogne pas, dit Alice, ça n'est pas une façon convenable de s'exprimer.

Le bébé poussa un second grognement, et elle le regarda bien en face d'un air inquiet pour voir ce qu'il avait. Sans aucun doute son nez extrêmement retroussé ressemblait davantage à un museau qu'à un nez véritable ; d'autre part, ses yeux étaient bien petits pour des yeux de bébé ; dans l'ensemble, l'aspect de ce nourrisson déplut beaucoup à Alice. « Mais peut-être qu'il ne faisait que sangloter », pensa-t-elle ; et elle examina ses yeux de très près pour voir s'il y avait des larmes.

Non, il n'y avait pas de larmes.

— Si jamais tu te transformes en cochon, mon chéri, déclara Alice d'un ton sérieux, je ne m'occuperai plus de toi. Fais attention à mes paroles!

Le pauvre petit sanglota de nouveau (ou grogna, puisqu'il était impossible de faire la différence), et tous deux poursuivirent leur route quelque temps en silence.

Alice commençait à se dire : « Que vais-je faire de cette créature quand je l'aurai emmenée à la maison? » lorsque le bébé poussa un nouveau grognement, si fort, cette fois, qu'elle regarda son visage non sans inquiétude. Il n'y avait pas moyen de s'y tromper : c'était bel et bien un cochon, et elle sentit qu'il serait parfaitement absurde de le porter plus loin.

En conséquence, elle déposa le petit animal sur le sol et fut soulagée de le voir s'enfoncer dans le bois d'un petit trot paisible. « S'il avait grandi, se dit-elle, ç'aurait fait un enfant horriblement laid; mais je trouve que ça fait un assez joli cochon. » Elle se mit à penser aux autres enfants de sa connaissance qui auraient fait de très jolis cochons, et elle était en train de songer : « Si seulement on savait comment s'y prendre pour les transformer... » lorsqu'elle sursauta légèrement en voyant le Chat-du-comté-de-Chester assis sur une branche d'arbre à quelques mètres d'elle.

Le Chat se contenta de sourire en voyant Alice. Elle lui trouva l'air fort aimable; néanmoins, il avait des griffes extrêmement longues et un très grand nombre de dents, c'est pourquoi elle sentit qu'elle devait le traiter avec respect.

— Minet-du-comté-de-Chester, commença-t-elle assez timidement, car elle ne savait pas trop si ce nom lui plairait.

Le Chat s'étant contenté de sourire plus largement,

Alice pensa : « Allons, jusqu'ici il est satisfait », et elle continua :

— Voudriez-vous me dire, s'il vous plaît, par où je dois m'en aller d'ici?

— Cela dépend beaucoup de l'endroit où tu veux aller.

— Peu m'importe l'endroit...

— En ce cas, peu importe la route que tu prendras.

— ... pourvu que j'arrive quelque part, ajouta Alice en guise d'explication.

— Oh, tu ne manqueras pas d'arriver quelque part, si tu marches assez longtemps.

Alice comprit que c'était indiscutable; en conséquence elle essaya une autre question :

— Quelle espèce de gens trouve-t-on dans ces parages?

— Dans cette direction-ci, répondit le Chat, en faisant un geste de sa patte droite, habite un Chapelier; et dans cette direction-là (il fit un geste de sa patte gauche), habite un Lièvre de Mars. Tu peux aller rendre visite à l'un ou à l'autre : ils sont fous tous les deux.

— Mais je ne veux pas aller parmi les fous!

— Impossible de faire autrement; nous sommes tous fous ici. Je suis fou. Tu es folle.

— Comment savez-vous que je suis folle?

— Si tu n'étais pas folle, tu ne serais pas venue ici.

Alice pensa que ce n'était pas une preuve, mais elle continua :

— Et comment savez-vous que vous êtes fou?

— Pour commencer, est-ce que tu m'accordes qu'un chien n'est pas fou?

— Sans doute.

— Eh bien, vois-tu, un chien gronde lorsqu'il est en colère, et remue la queue lorsqu'il est content. Or, moi, je gronde quand je suis content, et je remue la queue quand je suis en colère. Donc, je suis fou.

— Moi j'appelle ça ronronner, pas gronder.

— Appelle ça comme tu voudras. Est-ce que tu es de la partie de croquet de la Reine, cet après-midi?

— Je voudrais bien, mais je n'ai pas encore été invitée.

— Tu m'y verras, dit le Chat.

Et il disparut.

Alice ne s'en étonna guère, tellement elle était habituée à voir se passer des choses bizarres. Pendant qu'elle regardait l'endroit où le Chat s'était trouvé, il ré-apparut.

— A propos, fit-il, qu'est devenu le bébé ? J'ai failli oublier de te le demander.

— Il s'est transformé en cochon, répondit Alice d'une voix calme, comme si c'était la chose la plus naturelle du monde.

— Ça ne m'étonne pas, déclara le Chat.

Et il disparut à nouveau.

Alice attendit encore un peu, dans l'espoir de le voir ré-apparaître, mais il n'en fit rien, et, au bout d'une ou deux minutes, elle s'en alla vers l'endroit où on lui avait dit qu'habitait le Lièvre de Mars.

— J'ai déjà vu des chapeliers, dit-elle. Le Lièvre

de Mars sera beaucoup plus intéressant à voir ; comme nous sommes en mai, peut-être qu'il ne sera pas fou furieux... ; du moins peut-être qu'il sera moins fou qu'il ne l'était en mars.

Comme elle prononçait ces mots, elle leva les yeux, et voilà qu'elle aperçut le Chat, assis sur une branche.

— Est-ce que tu as dit : « cochon » ou « cocon » ? demanda-t-il [h].

— J'ai dit « cochon »; et je voudrais bien que vous n'apparaissiez pas et ne disparaissiez pas si brusquement : ça me fait tourner la tête.

— C'est bon, dit le Chat.

Et, cette fois, il disparut très lentement, en commençant par le bout de la queue et en finissant par le sourire, qui resta un bon bout de temps quand tout le reste eut disparu.

« Ma parole ! pensa Alice, j'ai souvent vu un chat sans un sourire, mais jamais un sourire sans un chat !... C'est la chose la plus curieuse que j'aie jamais vue de ma vie ! »

Avant d'être allée bien loin, elle aperçut la maison du Lièvre de Mars : du moins elle pensa que c'était bien sa maison parce que les cheminées étaient en forme d'oreilles, et que le toit était couvert de fourrure en guise de chaume. La maison semblait si grande qu'Alice n'osa pas approcher avant d'avoir grignoté un peu du morceau de champignon qu'elle tenait à la main gauche et d'avoir atteint soixante centimètres environ. Même alors, elle reprit son chemin assez timidement, tout en se disant : « Et s'il est fou furieux, après tout ? Je regrette presque de ne pas être allée voir le Chapelier ! »

Chapitre 7
Un thé extravagant

Sous un arbre, devant la maison, se trouvait une table servie où le Lièvre de Mars et le Chapelier étaient en train de prendre le thé; un Loir, qui dormait profondément, était assis entre eux, et les deux autres appuyaient leurs coudes sur lui comme sur un coussin en parlant par-dessus sa tête. « C'est bien incommode pour le Loir, pensa Alice; mais, comme il dort, je suppose que ça lui est égal. »

La table était très grande; pourtant tous trois se serraient l'un contre l'autre à un même coin.

— Pas de place! Pas de place! s'écrièrent-ils en voyant Alice.

— Il y a de la place à revendre! s'écria-t-elle avec indignation.

Puis elle s'assit dans un grand fauteuil à un bout de la table.

— Prends donc un peu de vin, proposa le Lièvre de Mars d'un ton encourageant.

Alice promena son regard tout autour de la table, mais elle n'aperçut que du thé.

— Je ne vois pas de vin, fit-elle observer.

— Il n'y en a pas, dit le Lièvre de Mars.

— En ce cas, ce n'est pas très poli de votre part de m'en offrir, riposta Alice d'un ton furieux.

— Ce n'est pas très poli de ta part de t'asseoir sans y être invitée.

— Je ne savais pas que c'était votre table; elle est mise pour plus de trois personnes.

— Tu as besoin de te faire couper les cheveux, déclara le Chapelier. (Il y avait un bon moment qu'il la regardait avec beaucoup de curiosité, et c'étaient les premières paroles qu'il prononçait.)

— Vous ne devriez pas faire d'allusions personnelles, répliqua Alice sévèrement; c'est extrêmement grossier.

Le Chapelier ouvrit de grands yeux en entendant cela; mais il se contenta de demander :

— Pourquoi est-ce qu'un corbeau ressemble à un bureau?

« Parfait, nous allons nous amuser! pensa Alice. Je suis contente qu'ils aient commencé à poser des devinettes... »

— Je crois que je peux deviner cela, ajouta-t-elle à haute voix.

— Veux-tu dire que tu penses pouvoir trouver la réponse? demanda le Lièvre de Mars.

— Exactement.

— En ce cas, tu devrais dire ce que tu penses.

— Mais c'est ce que je fais, répondit Alice vivement. Du moins... du moins... je pense ce que je dis... et c'est la même chose, n'est-ce pas?

— Mais pas du tout! s'exclama le Chapelier. C'est

comme si tu disais que : « Je vois ce que je mange »,
c'est la même chose que : « Je mange ce que je vois! »

— C'est comme si tu disais, reprit le Lièvre de Mars,
que : « J'aime ce que j'ai », c'est la même chose que :
« J'ai ce que j'aime! »

— C'est comme si tu disais, ajouta le Loir (qui,
semblait-il, parlait tout en dormant), que : « Je respire
quand je dors », c'est la même chose que : « Je dors
quand je respire! »

— C'est bien la même chose pour toi, dit le Chapelier au Loir.

Sur ce, la conversation tomba, et tous les quatre
restèrent sans parler pendant une minute, tandis qu'Alice
passait en revue dans son esprit tout ce qu'elle pouvait
se rappeler au sujet des corbeaux et des bureaux,
et ce n'était pas grand-chose.

Le Chapelier fut le premier à rompre le silence.

— Quel jour du mois sommes-nous? demanda-t-il en se tournant vers Alice. (Il avait tiré sa montre de sa poche et la regardait d'un air inquiet, en la secouant et en la portant à son oreille de temps à autre.)

Alice réfléchit un moment avant de répondre :

— Le quatre.

— Elle retarde de deux jours! murmura le Chapelier en soupirant. Je t'avais bien dit que le beurre ne conviendrait pas pour graisser les rouages! ajouta-t-il en regardant le Lièvre de Mars d'un air furieux.

— C'était le meilleur beurre que j'avais pu trouver, répondit l'autre d'un ton humble.

— Sans doute, mais quelques miettes ont dû entrer en même temps, grommela le Chapelier. Tu n'aurais pas dû y mettre le beurre avec le couteau à pain.

Le Lièvre de Mars prit la montre, la regarda tristement, puis la plongea dans sa tasse de thé et la regarda de nouveau; mais il ne trouva rien de mieux à dire que ce qu'il avait déjà dit :

— C'était le *meilleur* beurre que j'avais pu trouver.

Alice, qui avait regardé par-dessus son épaule avec curiosité, s'exclama :

— Quelle drôle de montre! Elle indique le jour du mois et elle n'indique pas l'heure!

— Pourquoi indiquerait-elle l'heure? murmura le Chapelier. Est-ce que ta montre à toi t'indique l'année où l'on est?

— Bien sûr que non, répondit Alice sans hésiter; mais c'est parce qu'elle reste dans la même année pendant très longtemps.

— Ce qui est exactement le cas de ma montre à moi, affirma le Chapelier.

Alice se sentit terriblement déconcertée : cette remarque semblait n'avoir aucun sens.

— Je ne comprends pas très bien, dit-elle aussi poliment qu'elle le put.

— Tiens, le Loir s'est rendormi, fit observer le Chapelier.

Et il lui versa un peu de thé chaud sur le museau.

Le Loir secoua la tête avec impatience, puis marmotta sans ouvrir les yeux :

— Bien sûr, bien sûr, c'est exactement ce que j'allais dire.

— As-tu deviné la devinette? demanda le Chapelier en se tournant vers Alice.

— Non, j'y renonce; quelle est la réponse?

— Je n'en ai pas la moindre idée, dit le Chapelier.

— Moi non plus, dit le Lièvre de Mars.

Alice poussa un soupir de lassitude.

— Je crois que vous pourriez mieux employer votre temps, déclara-t-elle, que de le perdre à poser des devinettes dont vous ignorez la réponse.

— Si tu connaissais le Temps aussi bien que moi, dit le Chapelier, tu ne parlerais pas de le perdre. Le Temps est un être vivant.

— Je ne comprends pas ce que vous voulez dire, répondit Alice.

— Naturellement! s'exclama-t-il en rejetant la tête en arrière d'un air de mépris. Je suppose bien que tu n'as jamais parlé au Temps!

— Peut-être que non, répondit-elle prudemment.

Tout ce que je sais, c'est qu'il faut que je batte les temps quand je prends ma leçon de musique [i].

— Ah! ça explique tout. Le Temps ne supporte pas d'être battu. Si tu étais en bons termes avec lui, il ferait presque tout ce que tu voudrais de la pendule. Par exemple, suppose qu'il soit neuf heures du matin, l'heure de commencer tes leçons : tu n'as qu'à dire un mot au Temps, et les aiguilles tournent en un clin d'œil! Voilà qu'il est une heure et demie, l'heure du déjeuner!

— Si seulement ça pouvait être l'heure du déjeuner! murmura le Lièvre de Mars.

— Évidemment, ce serait magnifique, dit Alice d'un ton pensif; mais, voyez-vous, je... je n'aurais pas assez faim pour manger.

— Au début, peut-être pas, déclara le Chapelier; mais tu pourrais faire rester la pendule sur une heure et demie aussi longtemps que tu voudrais.

— Est-ce ainsi que vous faites, vous?

Le Chapelier secoua négativement la tête d'un air lugubre.

— Hélas, non! répondit-il. Nous nous sommes disputés en mars dernier, juste avant que lui ne devienne fou. (Il montra le Lièvre de Mars, de sa cuillère à thé.) C'était au grand concert donné par la Reine de cœur, où je devais chanter :

> *Scintille, ô ma chauve-souris!*
> *Que fais-tu dans le soir tout gris?*

Je suppose que tu connais la chanson?

— J'ai entendu quelque chose de ce genre.

— Vois-tu, elle continue comme ceci :

98

Tu voles dans le ciel d'été,
Comme un petit plateau à thé!
Scintille, scintille...

Ici, le Loir se secoua, et se mit à chanter tout en dormant : « Scintille, scintille, scintille, scintille... » Et il continua pendant si longtemps qu'ils durent le pincer pour le faire taire.

— Eh bien, j'avais à peine fini le premier vers, reprit le Chapelier, que la Reine se leva d'un bond en hurlant : « Il n'observe pas les pauses entre les mots; il massacre le temps! Qu'on lui coupe la tête! »

— Quelle horrible cruauté! s'exclama Alice.

— Et depuis ce jour-là, continua le Chapelier d'un ton lugubre, le Temps refuse de faire ce que je lui demande! Il est toujours six heures à présent.

Alice eut une idée lumineuse.

— Est-ce pour ça qu'il y a tant de tasses à thé sur la table? demanda-t-elle.

— Oui, c'est pour ça, répondit le Chapelier en

soupirant. C'est toujours l'heure du thé, et nous n'avons jamais pris le temps de faire la vaisselle.

— Alors, je suppose que vous faites perpétuellement le tour de la table?

— Exactement; à mesure que les tasses sont sales.

— Mais qu'arrive-t-il quand vous revenez aux premières tasses?

— Si nous changions de sujet de conversation? répondit le Lièvre de Mars en bâillant. Je commence à avoir assez de tout ceci. Je propose que cette jeune fille nous raconte une histoire.

— J'ai bien peur de ne pas savoir d'histoires, dit Alice un peu inquiète.

— En ce cas, le Loir va nous en raconter une! s'écrièrent-ils tous les deux. Hé! Loir! Réveille-toi!

Et ils le pincèrent en même temps des deux côtés.

Le Loir ouvrit lentement les yeux.

— Je ne dormais pas, murmura-t-il d'une voix faible et enrouée. J'ai entendu tout ce que vous disiez, sans en perdre un seul mot.

— Raconte-nous une histoire! ordonna le Lièvre de Mars.

— Oh, oui! je vous en prie! dit Alice.

— Et tâche de te dépêcher, ajouta le Chapelier; sans ça tu vas te rendormir avant d'avoir fini.

— Il était une fois trois petites sœurs, commença le Loir en toute hâte. Elles se nommaient Elsie, Lacie, et Tillie, et elles vivaient au fond d'un puits...

— De quoi se nourrissaient-elles? demanda Alice qui s'intéressait toujours beaucoup au manger et au boire.

— Elles se nourrissaient de mélasse, répondit le Loir après deux minutes de réflexion.

— Voyons, ça n'est pas possible, fit observer Alice d'une voix douce. Elles auraient été malades.

— Elles étaient malades, très malades.

Alice essaya de s'imaginer à quoi pourrait bien ressembler un genre d'existence si extraordinaire, mais cela lui cassa tellement la tête qu'elle préféra continuer à poser des questions.

— Pourquoi vivaient-elles au fond d'un puits? demanda-t-elle.

— Prends donc un peu plus de thé, lui dit le Lièvre de Mars le plus sérieusement du monde.

— Je n'ai encore rien pris, répondit-elle d'un ton offensé. Je ne peux pas prendre quelque chose de plus.

— Tu veux dire que tu ne peux pas prendre quelque chose de moins, fit observer le Chapelier; mais il est très facile de prendre plus que rien.

— Personne ne vous a demandé votre avis, répliqua Alice.

— Qui est-ce qui fait des allusions personnelles, à présent? demanda le Chapelier d'un ton de triomphe.

Alice ne sut trop que répondre à cela. En conséquence, elle prit un peu de thé et de pain beurré, puis elle se tourna vers le Loir et répéta sa question :

— Pourquoi vivaient-elles au fond d'un puits?

De nouveau le Loir réfléchit pendant deux bonnes minutes. Ensuite il déclara :

— C'était un puits de mélasse.

— Ça n'existe pas! s'écria Alice avec colère.

Mais le Chapelier et le Lièvre de Mars firent :

« Chut! Chut! » et le Loir observa d'un ton maussade :

— Si tu ne peux pas être polie, tu ferais mieux de finir toi-même l'histoire.

— Non! continuez, je vous en prie! dit Alice. Je ne vous interromprai plus. Après tout, peut-être qu'il existe un puits de ce genre, un seul.

— Un seul, vraiment! s'exclama le Loir d'un ton indigné.

Néanmoins, il consentit à continuer :

— Donc, ces trois petites sœurs, vois-tu, elles apprenaient à puiser...

— Que puisaient-elles? demanda Alice, oubliant tout à fait sa promesse.

— De la mélasse, dit le Loir, sans prendre le temps de réfléchir, cette fois.

— Je veux une tasse propre, déclara le Chapelier. Avançons tous d'une place.

Il avança tout en parlant, et le Loir le suivit. Le Lièvre de Mars prit la place que le Loir venait de quitter, et Alice, un peu à contrecœur, prit la place du Lièvre de Mars. Le Chapelier fut le seul à profiter du changement; Alice se trouva bien plus mal installée qu'auparavant parce que le Lièvre de Mars venait de renverser la jatte de lait dans son assiette.

Ne voulant pas offenser le Loir de nouveau, elle commença à dire très prudemment :

— Mais je ne comprends pas. Où puisaient-elles cette mélasse?

— On peut puiser de l'eau dans un puits d'eau, répliqua le Chapelier. Je ne vois donc pas pourquoi on ne pourrait pas puiser de la mélasse dans un puits de mélasse, hein, pauvre sotte?

— Mais voyons, elles étaient bien au fond du puits? demanda Alice au Loir, en jugeant préférable de ne pas relever les deux derniers mots.

— Bien sûr, répliqua le Loir; et puis, bien au fond.

Cette réponse brouilla tellement les idées de la pauvre fille, qu'elle laissa le Loir continuer pendant un bon bout de temps sans l'interrompre.

— Elles apprenaient aussi à dessiner[j], poursuivit-il en bâillant et en se frottant les yeux, car il avait très sommeil; et elles dessinaient toutes sortes de choses... tout ce qui commence par A...

— Pourquoi par A? demanda Alice.

— Pourquoi pas? rétorqua le Lièvre de Mars.

Alice ne répondit pas.

Le Loir avait fermé les yeux, et il commençait à

somnoler; mais, quand le Chapelier l'eut pincé, il s'éveilla en poussant un petit cri aigu et reprit :

— ... qui commence par A... par exemple : des attrape-mouches, des astres, des affections, des à-peu-près[k] ?

— Vraiment, maintenant que vous m'en parlez, dit Alice, qui ne savait plus où elle en était, je ne crois pas que...

— En ce cas, tu devrais te taire, fit observer le Chapelier.

Cette grossièreté était plus que la fillette n'en pouvait supporter : complètement dégoûtée, elle se leva et s'éloigna. Le Loir s'endormit immédiatement; les deux autres ne firent pas la moindre attention au départ d'Alice, quoiqu'elle se retournât deux ou trois fois dans l'espoir qu'ils la rappelleraient. La dernière fois qu'elle les vit, ils essayaient de plonger le Loir dans la théière.

— En tout cas, je ne reviendrai jamais par ici! déclara-t-elle tout en cheminant dans le bois. C'est le thé le plus stupide auquel j'aie jamais assisté de ma vie!

Comme elle disait ces mots, elle remarqua que l'un des arbres était muni d'une porte qui permettait d'y pénétrer. « Voilà qui est bien curieux! pensa-t-elle. Mais tout est curieux aujourd'hui. Je crois que je ferais aussi bien d'entrer tout de suite. » Et elle entra.

Une fois de plus, elle se trouva dans la longue salle, tout près de la petite table de verre. « Cette fois-ci, je vais m'y prendre un peu mieux », se dit-elle. Elle commença par s'emparer de la petite clé d'or et par ouvrir la porte qui donnait sur le jardin. Puis elle se mit à grignoter le champignon (dont elle avait gardé un morceau dans sa poche) jusqu'à ce qu'elle n'eût plus que trente centimètres; puis elle traversa le petit corridor; et puis... elle se trouva enfin dans le beau jardin, au milieu des parterres de fleurs aux couleurs vives et des fraîches fontaines.

Chapitre 8
Le terrain de croquet
de la reine

Un grand rosier se dressait près de l'entrée du jardin; il était tout couvert de roses blanches, mais trois jardiniers s'affairaient à les peindre en rouge. Ceci sembla très curieux à Alice qui s'approcha pour les regarder faire, et, juste au moment où elle arrivait à leur hauteur, elle entendit l'un d'eux qui disait :

— Fais donc attention, Cinq! ne m'éclabousse pas de peinture comme ça!

— Je ne l'ai pas fait exprès, répondit l'autre d'un ton maussade. C'est Sept qui m'a poussé le coude.

Sur quoi, Sept leva les yeux et déclara :

— C'est ça, ne te gêne pas, Cinq! Tu prétends toujours que c'est la faute des autres!

— Toi, tu ferais mieux de te taire! répliqua Cinq. Pas plus tard qu'hier j'ai entendu la Reine dire que tu méritais qu'on te coupe la tête.

— Et pourquoi? demanda celui qui avait parlé le premier.

— Ça, ça ne te regarde pas, Deux! répondit Sept.

— Parfaitement que ça le regarde! déclara Cinq. Et je vais lui dire pourquoi : parce que tu as apporté à la cuisinière des oignons de tulipes au lieu d'oignons ordinaires.

Sept jeta son pinceau, et il venait de dire : « Ma parole, de toutes les calomnies... », lorsque ses yeux se posèrent par hasard sur Alice en train de les regarder. Il s'interrompit brusquement, les deux autres se retournèrent, et tous firent une profonde révérence.

— Voudriez-vous me dire, demanda Alice un peu timidement, pourquoi vous peignez ces roses?

Cinq et Sept restèrent muets, et se tournèrent vers Deux qui commença à voix basse :

— Ma foi, voyez-vous, mam'selle, pour dire la vérité vraie, ce rosier-là, ç'aurait dû être un rosier rouge, et nous en avons planté un blanc par erreur; et si la Reine venait à s'en apercevoir, on aurait tous la tête coupée, voyez-vous. Aussi, voyez-vous, mam' selle, on fait de notre mieux, devant qu'elle arrive, pour...

A ce moment, Cinq, qui regardait avec anxiété vers le fond du jardin, se mit à crier : « La Reine! La Reine! » et les trois jardiniers se jetèrent immédiatement à plat ventre. On entendit un bruit de pas nombreux, et Alice, qui mourait d'envie de voir la Reine, se retourna.

Venaient d'abord, armés de gourdins, dix soldats ayant la même forme que les trois jardiniers : plats et rectangulaires, avec des pieds et des mains aux quatre coins. Venaient ensuite dix courtisans, aux habits constellés de diamants, qui marchaient deux par deux comme les soldats. Après eux, venaient les enfants royaux; il y en avait dix, et ces petits amours avançaient par couples, la main dans la main, en sautant gaiement : ils étaient ornés de cœurs de la tête aux pieds. A leur suite venaient les invités, pour la plupart des Rois et des Reines. Parmi eux Alice reconnut le Lapin Blanc : il parlait vite, d'un ton nerveux, en souriant à tout ce qu'on disait; il passa près d'Alice sans faire attention à elle. Derrière les invités s'avançait le Valet de Cœur, qui portait la couronne du Roi sur un coussin de velours rouge; et, à la fin de ce cortège imposant, venaient LE ROI ET LA REINE DE COEUR.

Alice se demanda si elle ne devrait pas s'aplatir le visage contre terre, comme les trois jardiniers, mais elle ne put se rappeler avoir jamais entendu dire que c'était la règle quand un cortège passait. « D'ailleurs, pensa-t-elle, à quoi servirait un cortège, si chacun devait se jeter le visage contre terre et ne pouvait pas le voir passer? » Elle resta donc immobile à sa place, et attendit.

Quand ces divers personnages arrivèrent à sa hauteur, tous s'arrêtèrent pour la regarder, et la Reine demanda d'une voix sévère : « Qui est-ce ? » Elle dit cela au Valet de Cœur qui, pour toute réponse, se contenta de s'incliner en souriant.

— Imbécile ! s'exclama la Reine, en rejetant la tête en arrière d'un air impatient. Puis, se tournant vers Alice, elle continua :

— Comment t'appelles-tu, mon enfant ?

— Je m'appelle Alice, plaise à Votre Majesté, répondit la fillette très poliment.

Mais elle ajouta, en elle-même : « Après tout, ces gens-là ne sont qu'un jeu de cartes. Je n'ai pas besoin d'avoir peur d'eux. »

— Et qui sont ceux-là ? demanda la Reine, en montrant du doigt les trois jardiniers étendus autour du rosier. (Car, voyez-vous, comme ils étaient couchés le visage contre terre et comme le dessin de leur dos était le même que celui des autres cartes du jeu, elle ne pouvait distinguer si c'étaient des jardiniers, des courtisans, ou trois de ses propres enfants.)

— Comment voulez-vous que je le sache ? répondit Alice, surprise de son courage. Ce n'est pas mon affaire, à moi.

La Reine devint écarlate de fureur, puis, après avoir regardé férocement la fillette comme une bête sauvage, elle se mit à hurler :

— Qu'on lui coupe la tête ! Qu'on lui...

— Quelle bêtise ! s'exclama Alice d'une voix forte et décidée.

La Reine se tut aussitôt. Le Roi lui mit la main sur le bras en murmurant timidement :

— Réfléchissez un peu, ma chère amie : ce n'est qu'une enfant !

Elle se détourna de lui d'un air courroucé, et ordonna au Valet :

— Retournez-les !

Le Valet les retourna, très prudemment, du bout du pied.

— Debout! cria la Reine d'une voix forte et perçante.

Sur ce, les trois jardiniers se dressèrent d'un bond sans plus attendre; après quoi, ils se mirent à s'incliner devant le Roi, la Reine, les enfants royaux, et tous les personnages du cortège.

— Arrêtez! ordonna la Reine. Vous me donnez le vertige. Puis, se tournant vers le rosier, elle poursuivit :

— Qu'étiez-vous donc en train de faire?

— Plaise à Votre Majesté, commença Deux, d'une voix très humble, en mettant un genou en terre, nous essayions...

— Je comprends! dit la Reine, qui avait examiné les roses. Qu'on leur coupe la tête!

Sur ces mots, le cortège se remit en route, à l'exception de trois soldats qui restèrent en arrière pour exécuter les infortunés jardiniers. Ceux-ci se précipitèrent vers Alice pour implorer sa protection.

— Je ne veux pas qu'on leur coupe la tête! s'exclama-t-elle en les mettant dans un grand pot à fleurs qui se trouvait là.

Les trois soldats les cherchèrent dans toutes les directions pendant une ou deux minutes, puis ils s'en allèrent tranquillement à la suite du cortège.

— Est-ce qu'on leur a coupé la tête? cria la Reine.

— Leur tête a disparu, plaise à Votre Majesté! répondirent les soldats.

— C'est parfait! brailla la Reine. Sais-tu jouer au croquet?

Les soldats restèrent silencieux et regardèrent Alice car c'était évidemment à elle que s'adressait la question.

— Oui! vociféra-t-elle.

— Alors, arrive! hurla la Reine.

Et Alice se joignit au cortège, en se demandant bien ce qui allait se passer ensuite.

— Il... il fait très beau aujourd'hui! murmura une voix timide tout près d'elle. C'était le Lapin Blanc, qui marchait à son côté et fixait sur elle un regard anxieux.

— Très beau, dit Alice. Où est donc la Duchesse?

— Chut! Chut! murmura vivement le Lapin, en regardant derrière lui d'un air craintif. Puis, se dressant sur la pointe des pieds, il mit sa bouche contre l'oreille d'Alice et ajouta à voix basse :

— Elle a été condamnée à avoir la tête coupée.

— Quel carnage!

— Avez-vous dit : « Quel dommage! »

— Non, je ne trouve pas que ce soit du tout dommage. Mais qu'a-t-elle donc fait?

— Elle a giflé la Reine..., commença le Lapin.

Comme Alice se mettait à rire aux éclats, il murmura d'une voix craintive :

— Chut! je vous en prie! La Reine va vous entendre! Voyez-vous, la Duchesse était arrivée en retard, et la Reine lui a dit...

— Prenez vos places! cria la Reine d'une voix de tonnerre.

Sur quoi, tous se mirent à courir dans tous les sens, en se cognant les uns contre les autres. Néanmoins, au bout d'une ou deux minutes, chacun se trouva à son poste et la partie commença.

Alice n'avait jamais vu un terrain de croquet aussi bizarre : il était tout en creux et en bosses; les boules étaient des hérissons vivants; les maillets, des flamants vivants; et les soldats devaient se courber en deux, pieds et mains placés sur le sol, pour former les arceaux.

Dès le début, Alice trouva que le plus difficile était de se servir de son flamant : elle arrivait sans trop de mal à le tenir à plein corps sous son bras, les pattes pendantes, mais, généralement, au moment précis où, après lui avoir mis le cou bien droit, elle s'apprêtait à cogner sur le hérisson avec sa tête, le flamant ne manquait pas de se retourner et de la regarder bien en face d'un air si intrigué qu'elle ne pouvait s'empêcher de rire; d'autre part, quand elle lui avait fait baisser la tête et s'apprêtait à recommencer, elle trouvait on ne peut plus exaspérant de s'apercevoir que le hérisson s'était déroulé et s'éloignait lentement; de plus, il y avait presque toujours un creux ou une bosse à l'endroit où elle se proposait d'envoyer le hérisson; et comme, en outre, les soldats courbés en deux n'arrêtaient pas de se redresser pour s'en aller vers d'autres parties du terrain, Alice en vint bientôt à conclure que c'était vraiment un jeu très difficile.

Les joueurs jouaient tous en même temps sans attendre leur tour; ils se disputaient sans arrêt et s'arrachaient les hérissons. Au bout d'un instant la Reine, entrant dans une furieuse colère, parcourut le terrain en tapant du pied et en criant : « Qu'on lui coupe la tête! Qu'on lui coupe la tête! » à peu près une fois par minute.

Alice commençait à se sentir très inquiète; à vrai dire, elle ne s'était pas encore disputée avec la Reine, mais elle savait que cela pouvait arriver d'un moment à l'autre. « Et dans ce cas, pensait-elle, qu'est-ce que je deviendrais? Ils sont terribles, avec leur manie de couper la tête aux gens; ce qui est vraiment extraordinaire, c'est qu'il y ait encore des survivants! »

Elle était en train de regarder autour d'elle pour voir s'il y avait moyen de s'échapper, en se demandant si elle pourrait s'éloigner sans qu'on s'en aperçût, lorsqu'elle remarqua une curieuse apparition dans l'air. Elle fut tout d'abord intriguée, car elle n'arrivait pas à distinguer ce que c'était, mais, après avoir regardé attentivement pendant une ou deux minutes, elle comprit que c'était un sourire, et elle pensa : « C'est le Chat du comté de Chester : je vais enfin pouvoir parler à quelqu'un. »

— Comment vas-tu? dit le Chat, dès qu'il eut assez de bouche pour parler.

Alice attendit l'apparition de ses yeux pour le saluer d'un signe de tête. « Il est inutile de lui parler, pensa-t-elle, avant que ses oreilles ne se montrent, du moins une des deux. » Au bout d'une minute, toute la tête était visible; Alice posa alors son flamant et se mit à raconter la partie de croquet, tout heureuse d'avoir quelqu'un qui voulût bien l'écouter. Le Chat jugea sans doute qu'on voyait une partie suffisante de sa personne, et il n'en apparut pas davantage.

— Je trouve qu'ils ne jouent pas du tout honnêtement, commença-t-elle d'un ton assez mécontent; et ils se disputent d'une façon si épouvantable qu'on ne peut pas s'entendre parler; et on dirait qu'il n'y a aucune règle du jeu (en tout cas, s'il y en a, personne ne les suit); et vous ne pouvez pas vous imaginer combien c'est déconcertant d'avoir affaire à des êtres vivants : par exemple, l'arceau sous lequel doit passer ma boule est en train de se promener à l'autre bout du terrain, et je suis sûre que j'aurais croqué le hérisson de la Reine il y a un instant, mais il s'est enfui en voyant arriver le mien!

— Que penses-tu de la Reine? demanda le Chat à voix basse.

— Elle ne me plaît pas du tout; elle est tellement...

Juste à ce moment, elle s'aperçut que la Reine était tout près derrière eux, en train d'écouter; c'est pourquoi elle continua ainsi :

— ... sûre de gagner que c'est presque inutile de finir la partie.

La Reine passa son chemin en souriant.

— A qui diable parles-tu? demanda le Roi, en s'approchant d'Alice et en regardant la tête du Chat avec beaucoup de curiosité.

— C'est un de mes amis... un Chat du comté de Chester. Permettez-moi de vous le présenter.

— Je n'aime pas du tout sa mine, déclara le Roi. Néanmoins, je l'autorise à me baiser la main, s'il le désire.

— J'aime mieux pas, riposta le Chat.

— Ne faites pas l'impertinent, dit le Roi. Et ne

me regardez pas comme ça! ajouta-t-il en se mettant derrière Alice.

— Un chat peut bien regarder un roi [1], fit-elle observer. J'ai lu ça dans un livre, je ne me rappelle plus où.

— C'est possible, mais il faut le faire disparaître, affirma le Roi d'un ton décidé.

Puis il cria à la Reine qui se trouvait à passer à ce moment :

— Ma chère amie, je voudrais bien que vous fassiez disparaître ce chat!

La Reine ne connaissait qu'une seule façon de résoudre toutes les difficultés.

— Qu'on lui coupe la tête! cria-t-elle, sans même se retourner.

— Je vais aller chercher le bourreau moi-même, dit le Roi avec empressement.

Et il s'éloigna en toute hâte.

Alice pensa qu'elle ferait tout aussi bien de rejoindre les joueurs pour voir où en était la partie, car elle entendait dans le lointain la voix de la Reine qui hurlait de colère. Elle l'avait déjà entendue condamner trois des joueurs à avoir la tête coupée parce qu'ils avaient laissé passer leur tour, et cela ne lui plaisait pas beaucoup car la partie était tellement embrouillée qu'elle ne savait jamais si c'était son tour ou non. En conséquence, elle se mit à la recherche de son hérisson.

Celui-ci livrait bataille à un autre hérisson, et Alice vit là une excellente occasion de croquer l'un et l'au-

1. Expression qui correspond au proverbe français : « Un chien regarde bien un évêque. »

tre : le seul ennui était que son flamant se trouvait à l'autre extrémité du jardin, où elle pouvait le voir qui essayait vainement de s'envoler pour se percher sur un arbre.

Avant qu'elle n'eût attrapé et ramené le flamant, la bataille était terminée, et les deux hérissons avaient disparu. « Mais ça n'a pas une grande importance, pensa-t-elle, puisqu'il ne reste plus un seul arceau de ce côté-ci du terrain. »

Elle fourra le flamant sous son bras pour l'empêcher de s'échapper de nouveau, puis revint vers son ami pour continuer la conversation.

Quand elle arriva à l'endroit où se trouvait le Chat du comté de Chester, elle fut fort étonnée de voir qu'une foule nombreuse l'entourait : le bourreau, le Roi et la Reine se disputaient en parlant tous à la fois, tandis que le reste de l'assistance se taisait d'un air extrêmement gêné.

Dès qu'Alice apparut, les trois personnages firent appel à elle pour régler le différend. Chacun lui exposa ses arguments, mais, comme ils parlaient tous à la fois, elle eut beaucoup de mal à comprendre exactement ce qu'ils disaient.

Le bourreau déclarait qu'il était impossible de couper une tête s'il n'y avait pas un corps dont on pût la séparer, qu'il n'avait jamais rien fait de semblable jusqu'à présent, et qu'il n'allait sûrement pas commencer à son âge.

Le Roi déclarait que tout ce qui avait une tête pouvait être décapité, et qu'il ne fallait pas raconter de bêtises.

La Reine déclarait que si on ne prenait pas une décision en un rien de temps, elle ferait exécuter tout le monde autour d'elle. (Cette dernière remarque expliquait l'air grave et inquiet de l'assistance.)

Alice ne put trouver autre chose à dire que ceci :

— Le Chat appartient à la Duchesse; c'est à elle que vous feriez mieux de vous adresser.

— Elle est en prison, dit la Reine au bourreau. Allez la chercher et amenez-la ici.

Sur ces mots, le bourreau fila comme une flèche.

Dès qu'il fut parti, la tête du Chat commença à s'évanouir; avant que le bourreau ne fut revenu avec la Duchesse, elle avait complètement disparu; le Roi et le bourreau se mirent à courir comme des fous dans tous les sens pour la retrouver, et le reste de l'assistance s'en alla reprendre la partie interrompue.

Chapitre 9
Histoire de la simili-tortue

— Tu ne saurais croire combien je suis heureuse de te revoir, ma vieille! dit la Duchesse, tout en glissant affectueusement son bras sous celui d'Alice et en s'éloignant avec elle.

Alice fut enchantée de la trouver de si charmante humeur; elle se dit que c'était peut-être le poivre qui l'avait rendue si furieuse lorsqu'elle l'avait vue pour la première fois dans la cuisine.

« Moi, quand je serai Duchesse, pensa-t-elle (mais sans beaucoup de conviction), je n'aurai pas un seul grain de poivre dans ma cuisine. La soupe est tout aussi bonne sans poivre... Peut-être que c'est toujours le poivre qui rend les gens furieux, continua-t-elle, ravie d'avoir découvert une nouvelle règle, et le vinaigre qui les rend aigres..., et la camomille qui les rend amers..., et... et le sucre d'orge et les friandises qui rendent les enfants doux et aimables. Je voudrais bien que tout le monde sache cela, parce que, alors, les gens seraient moins avares de sucreries... »

Ayant complètement oublié l'existence de la Duchesse, elle fut un peu saisie en entendant sa voix tout près de son oreille :

— Ma chère enfant, tu es en train de penser à une chose qui te fait oublier de parler. Pour l'instant je ne peux pas te dire quelle est la morale à tirer de ce fait, mais je m'en souviendrai dans un instant.

— Peut-être qu'il n'y a pas de morale à en tirer, risqua Alice.

— Allons donc! s'exclama la Duchesse tout en se serrant contre elle. On peut tirer une morale de tout : il suffit de la trouver.

Alice n'aimait pas du tout avoir la Duchesse si près d'elle : d'abord parce qu'elle était vraiment très laide; ensuite, parce qu'elle avait exactement la taille qu'il fallait pour pouvoir appuyer son menton sur l'épaule d'Alice, et c'était un menton désagréablement pointu. Néanmoins, comme elle ne voulait pas être grossière, elle supporta de son mieux ce désagrément.

— On dirait que la partie marche un peu mieux, fit-elle observer.

— C'est exact. Et la morale de ce fait est : « Oh! c'est l'amour, l'amour, qui fait tourner la terre! »

— Quelqu'un a dit, murmura Alice, que la terre tournait bien quand chacun s'occupait de ses affaires!

— Ma foi! cela revient à peu près au même, dit la Duchesse en lui enfonçant son petit menton pointu dans l'épaule. Puis elle ajouta :

— Et la morale de ce fait est : « Occupez-vous du sens, et les mots s'occuperont d'eux-mêmes. »

« Quelle manie elle a de tirer une morale de tout! » pensa Alice.

— Je parie que tu te demandes pourquoi je ne mets pas mon bras autour de ta taille, reprit la Duchesse après un moment de silence. C'est parce que je ne suis pas sûre de l'humeur de ton flamant. Faut-il que je tente l'expérience?

— Il pourrait vous piquer d'un coup de bec, dit prudemment Alice qui ne tenait pas du tout à la voir tenter l'expérience.

— Tout à fait exact. Les flamants et la moutarde piquent également. Et la morale de ce fait est : « Qui se ressemble, s'assemble. »

— Mais la moutarde ne ressemble pas à un flamant.

— Tu as raison, comme d'habitude. Ce que tu exprimes clairement les choses!

— Il me semble bien que la moutarde est un minéral, poursuivit Alice.

— Bien sûr que c'en est un, dit la Duchesse, qui semblait prête à approuver toutes les paroles de la fillette. Il y a une grande mine de moutarde tout près d'ici. Et la morale de ce fait est : « Garde-toi tant que tu vivras de juger les gens sur la mine. »

— Oh! je sais! s'exclama Alice, qui n'avait pas écouté cette dernière phrase. C'est un végétal. Ça n'en a pas l'air, mais c'en est un tout de même.

— Je suis entièrement d'accord avec toi, dit la Duchesse. Et la morale de ce fait est : « Mieux vaut être que paraître » ou, pour parler plus clairement : « Ne te crois jamais différente de ce qui aurait pu paraître aux autres que ce que tu étais ou aurais pu être n'était pas différent de ce que tu avais été qui aurait pu leur paraître différent. »

— Je crois, fit observer Alice poliment, que je comprendrais ça beaucoup mieux si je le voyais écrit; mais je crains de ne pas très bien vous suivre quand vous le dites.

— Ce n'est rien à côté de ce que je pourrais dire si je voulais, répliqua la Duchesse d'un ton satisfait.

— Je vous en prie, ne vous donnez pas la peine d'en dire plus long, déclara Alice.

— Oh! mais ça ne me donnerait aucune peine! affirma la Duchesse. Je te fais cadeau de tout ce que j'ai dit jusqu'à présent.

« Voilà un cadeau qui ne coûte pas cher! pensa Alice. Je suis bien contente qu'on ne me donne pas des cadeaux d'anniversaire de ce genre! » (Mais elle ne se hasarda pas à exprimer cela tout haut.)

— Encore en train de réfléchir? demanda la Duchesse

en lui enfonçant de nouveau son petit menton pointu dans l'épaule.

— J'ai bien le droit de réfléchir, répliqua Alice sèchement, car elle commençait à se sentir un peu agacée.

— A peu près autant que les cochons ont le droit de voler, déclara la Duchesse. Et la mo...

Mais, à cet instant précis, à la grande surprise d'Alice, la voix de la Duchesse s'éteignit au beau milieu de son mot favori : « morale », et le bras qu'elle avait passé sous celui de sa compagne se mit à trembler. La fillette leva les yeux : devant elles se dressait la Reine, les bras croisés, le visage aussi menaçant qu'un ciel d'orage.

— Belle journée, Votre Majesté! commença la Duchesse d'une voix faible et basse.

— Je ne veux pas vous prendre en traître, hurla la Reine en tapant du pied, mais je vous avertis d'une chose : ou bien vous vous ôtez de là, ou bien je vous ôte la tête, et cela en un rien de temps! Faites votre choix!

La Duchesse fit son choix et disparut en un moment.

— Continuons la partie, dit la Reine à Alice qui, trop effrayée pour pouvoir prononcer un mot, la suivit lentement jusqu'au terrain de croquet.

Les autres invités avaient profité de l'absence de la Reine pour se reposer à l'ombre; mais, dès qu'ils la virent arriver, ils se hâtèrent de reprendre la partie, tandis que Sa Majesté se contentait de déclarer qu'un moment de retard leur coûterait la vie.

Pendant tout le temps que dura la partie, la Reine n'arrêta pas de se disputer avec les autres joueurs et de crier : « Qu'on lui coupe la tête! Qu'on lui coupe la tête! » Ceux qu'elle condamnait étaient arrêtés par les soldats, qui, naturellement, devaient cesser d'être des arceaux pour pouvoir procéder aux arrestations; de sorte que, au bout d'une demi-heure environ, il ne restait plus d'arceaux, et que tous les joueurs, sauf le Roi, la Reine et Alice, étaient arrêtés et condamnés à avoir la tête coupée.

Alors la Reine s'arrêta, toute hors d'haleine, pour demander à Alice :

— As-tu déjà vu la Simili-Tortue?

— Non, je ne sais même pas ce qu'est une Simili-Tortue.

— C'est ce avec quoi on fait la soupe à la Simili-Tortue[1].

— Je n'en ai jamais vu ni entendu parler.

— En ce cas, suis-moi. Elle te racontera son histoire.

Tandis qu'elles s'éloignaient ensemble, Alice entendit le Roi dire à voix basse à toute la société : « Je vous fais grâce ». « Allons, c'est parfait! » pensa-t-elle, car le nombre des exécutions ordonnées par la Reine l'avait rendue très malheureuse.

Bientôt, elles rencontrèrent un Griffon qui dormait profondément, étendu en plein soleil. (Si vous ne savez pas ce que c'est qu'un Griffon, regardez l'image.)

---

1. Les Anglais sont très friands du potage à la tortue (« *turtle soup* »). Comme c'est un mets très coûteux, on remplace souvent la tortue par de la tête de veau ; c'est ce qu'on appelle : « *mock turtle soup* » (potage à la simili-tortue). Lewis Carroll fait semblant de considérer que la simili-tortue est une tortue d'un genre particulier.

— Debout, paresseux! cria la Reine. Amène cette jeune fille à la Simili-Tortue pour que celle-ci lui raconte son histoire. Il faut que j'aille m'occuper de quelques exécutions que j'ai ordonnées.

Sur ces mots, elle s'éloigna, laissant Alice seule avec le Griffon. L'aspect de cet animal ne plaisait guère à la fillette, mais elle se dit que, après tout, elle serait plus en sécurité en restant près de lui qu'en suivant cette Reine féroce : c'est pourquoi elle attendit.

Le Griffon se leva et se frotta les yeux; puis il regarda la Reine jusqu'à ce qu'elle eût disparu; puis, il se mit à rire tout bas.

— Ce que c'est drôle! dit-il, autant pour Alice que pour lui-même.

— Qu'est-ce qui est drôle?

— Mais, elle, voyons. Tout ça, elle se l'imagine : en réalité, y a pas jamais personne d'exécuté. Arrive!

« Tout le monde ici me dit : " Arrive! " pensa Alice,

en le suivant lentement. Jamais de ma vie on ne m'a fait pivoter comme ça, jamais! »

Ils n'étaient pas allés bien loin lorsqu'ils aperçurent la Simili-Tortue à quelque distance, assise triste et solitaire sur une petite saillie rocheuse, et, à mesure qu'ils approchaient, Alice pouvait l'entendre soupirer comme si son cœur allait se briser.

— Quelle est la cause de son chagrin? demanda-t-elle au Griffon, le cœur plein de pitié.

Et il répondit, presque dans les mêmes termes qu'il avait déjà employés :

— Tout ça, elle se l'imagine : en réalité, elle a pas aucun motif de chagrin. Arrive!

Ils allèrent donc vers la Simili-Tortue, qui les regarda de ses grands yeux pleins de larmes, sans souffler mot.

— C'te jeune demoiselle qu'est ici, expliqua le Griffon, elle a rudement envie que t'y racontes ton histoire, pour sûr que oui!

— Je vais la lui raconter, répondit la Simili-Tortue d'une voix caverneuse. Asseyez-vous tous les deux, et ne prononcez pas une seule parole avant que j'aie fini.

Ils s'assirent, et personne ne parla pendant quelques minutes. Alice pensa : « Je ne vois pas comment elle pourra jamais finir si elle ne commence pas. » Mais elle attendit patiemment.

— Autrefois, dit enfin la Simili-Tortue en poussant un profond soupir, j'étais une vraie Tortue.

Ces paroles furent suivies d'un long silence, rompu seulement par un « Grrrh! » que poussait le Griffon de temps à autre, et par les lourds sanglots incessants de la Simili-Tortue. Alice fut sur le point de se lever en disant : « Je vous remercie, madame, de votre intéressante histoire », mais elle ne put s'empêcher de penser qu'il devait sûrement y avoir une suite; c'est pourquoi elle resta assise sans bouger et sans souffler mot.

— Quand nous étions petits, reprit finalement la Simili-Tortue d'une voix plus calme, mais en pous-

sant encore un léger sanglot de temps en temps, nous allions à l'école dans la mer. La maîtresse était une vieille Tortue de mer... nous l'appelions la Tortue Grecque...

— Pourquoi l'appeliez-vous la Tortue Grecque, puisque c'était une Tortue de mer? demanda Alice. J'ai lu quelque part que la Tortue Grecque est une Tortue d'eau douce.

— Nous l'appelions la Tortue Grecque parce qu'elle savait le grec, répondit la Simili-Tortue avec colère. Vraiment, je te trouve bien bornée [1].

— Tu devrais avoir honte de poser une question aussi simple, ajouta le Griffon.

Après quoi, tous deux restèrent assis en silence, les yeux fixés sur la pauvre Alice qui aurait bien voulu disparaître sous terre.

Enfin le Griffon dit à la Simili-Tortue :

— Dégoise la suite, ma vieille! Tâche que ça ne dure pas toute la journée!

Et elle continua en ces termes :

— Oui, nous allions à l'école dans la mer, quoique cela puisse te paraître incroyable...

— Je n'ai jamais dit ça! s'exclama Alice en l'interrompant.

— Si fait, tu l'as dit! répliqua la Simili-Tortue.

— Tais-toi! ajouta le Griffon, avant que la fillette ait eu le temps de placer un mot.

Après quoi, la Simili-Tortue reprit la parole :

— Nous recevions une excellente éducation; en fait, nous allions à l'école tous les jours...

— Moi aussi, dit Alice. Vous n'avez pas besoin d'être si fière pour si peu.

— Il y avait des matières supplémentaires, à ton école ? demanda la Simili-Tortue d'un ton un peu anxieux.

— Oui, nous apprenions le français et la musique.

— Et le blanchissage ?

— Sûrement pas ! dit Alice avec indignation.

— Ah ! dans ce cas, ton école n'était pas fameuse, déclara la Simili-Tortue d'un ton extrêmement soulagé. Vois-tu, dans notre école à nous, il y avait à la fin du prospectus : « Matières supplémentaires : français, musique, *et blanchissage.* »

— Vous ne deviez guère en avoir besoin, fit observer Alice, puisque vous viviez au fond de la mer.

— Je n'avais pas les moyens d'étudier les matières supplémentaires, répondit la Simili-Tortue en soupirant. Je ne suivais que les cours ordinaires.

— En quoi consistaient-ils ?

— Pour commencer, bien entendu, Rire et Médire ; puis, les différentes parties de l'Arithmétique : Ambition, Distraction, Laidification, et Dérision.

— Je n'ai jamais entendu parler de la « Laidification ». Qu'est-ce que ça peut bien être ?

Le Griffon leva ses deux pattes pour manifester sa surprise.

— Comment ! tu n'as jamais entendu parler de laidification ! s'exclama-t-il. Tu sais ce que veut dire le verbe « embellir », je suppose ?

— Oui, répondit Alice, qui n'en était pas très sûre. Ça veut dire... rendre... quelque chose... plus beau.

131

— En ce cas, continua le Griffon, si tu ne sais pas ce que c'est que « laidifier », tu es une idiote fieffée.

Ne se sentant pas encouragée à poser d'autres questions à ce sujet, Alice se tourna vers la Simili-Tortue, et lui demanda :

— Qu'est-ce qu'on vous enseignait d'autre?

— Eh bien, il y avait l'Ivoire, répondit la Simili-Tortue en comptant sur ses pattes, l'Ivoire Ancien et l'Ivoire Moderne, et la Mérographie. Puis, on nous apprenait à Lésiner... Le professeur était un vieux congre qui venait une fois par semaine : il nous apprenait à Lésiner, à Troquer, et à Feindre à la Marelle [1][m].

— Comment faisiez-vous ça : « Feindre à la Marelle »?

— Ma foi, je ne peux pas te le dire, car je l'ai oublié. Quant au Griffon, il ne l'a jamais appris.

— Pas eu le temps, déclara le Griffon. Mais j'étudiais les classiques avec un vieux professeur qu'était un vieux crabe.

— Je n'ai jamais pu suivre ses cours, poursuivit la Simili-Tortue en soupirant. On disait qu'il enseignait le Patin et la Greffe [2][n].

— Et c'était bien vrai, oui, bien vrai, affirma le Griffon, en soupirant à son tour.

Sur quoi les deux créatures se cachèrent le visage dans les pattes.

— Et combien d'heures de cours aviez-vous par

1. Bien entendu, il faut comprendre : Dessiner, Croquer, et Peindre à l'Aquarelle.
2. Le Latin et le Grec.

jour? demanda Alice qui avait hâte de changer de sujet de conversation.

— Dix heures le premier jour, répondit la Simili-Tortue, neuf heures le lendemain, et ainsi de suite en diminuant d'une heure par jour.

— Quelle drôle de méthode! s'exclama Alice.

— C'est pour cette raison qu'on appelle ça des cours, fit observer le Griffon : parce qu'ils deviennent chaque jour plus courts [o].

C'était là une idée tout à fait nouvelle pour Alice, et elle y réfléchit un moment avant de demander :

— Mais alors, le onzième jour était un jour de congé?

— Naturellement, dit la Simili-Tortue.

— Et que faisiez-vous le douzième jour? continua Alice vivement.

— Ça suffit pour les cours, déclara le Griffon d'une voix tranchante. Parle-lui un peu des jeux à présent.

Chapitre 10
Le quadrille des homards[1]

La Simili-Tortue poussa un profond soupir et s'essuya les yeux du revers d'une de ses pattes. Elle regarda Alice et s'efforça de parler, mais, pendant une ou deux minutes, les sanglots étouffèrent sa voix.

— Pareil que si elle avait une arête dans la gorge, dit le Griffon.

Et il se mit en devoir de la secouer et de lui taper dans le dos.

Finalement, la Simili-Tortue retrouva la parole, et tandis que les larmes ruisselaient sur ses joues, elle reprit en ces termes :

— Tu n'as sans doute pas beaucoup vécu dans la mer...

— Non, en effet, dit Alice...

— ... et peut-être que tu n'as jamais été présentée à un homard...

1. Sans aucun doute, Lewis Carroll a pensé au Quadrille des Lanciers. « Homard » se dit « *lobster* »; « lancier » se dit : « *lancer* ». Il y a donc une certaine similitude de prononciation entre les deux mots anglais, qui ne peut se rendre en français.

— J'ai goûté une fois... commença Alice.

Puis elle s'interrompit brusquement et ajouta :

— Non, jamais.

— ... de sorte que tu ne peux pas savoir combien le quadrille des homards est une chose charmante!

— Certainement pas, déclara Alice. Quel genre de danse cela peut-il bien être?

— Eh bien, expliqua le Griffon, on commence par s'aligner sur un rang au bord de la mer...

— Sur deux rangs! s'écria la Simili-Tortue. Tous tant qu'on est : phoques, tortues, etc. Ensuite, quand on a déblayé le terrain des méduses qui l'encombrent...

— Et ça, ça prend généralement pas mal de temps.

— ... on fait deux pas en avant...

— Avec, chacun, un homard pour cavalier!

— Naturellement! Donc, on fait deux pas en avant en même temps que son vis-à-vis...

— ... on change de homard, et on fait deux pas en arrière.

— Après ça, vois-tu, on jette les...

— Les homards! cria le Griffon, en bondissant très haut.

— ... aussi loin que possible dans la mer...

— On nage à leur poursuite! hurla le Griffon.

— On fait un saut périlleux dans la mer! vociféra la Simili-Tortue, tout en cabriolant comme une folle.

— On change de nouveau de homard! brailla le Griffon.

— On revient sur le rivage, et... et c'est tout pour la première figure, dit la Simili-Tortue en baissant brusquement la voix.

Puis, les deux créatures, qui n'avaient pas cessé de bondir dans toutes les directions d'une manière désordonnée, se rassirent, très tristes et très calmes, et regardèrent Alice.

— Veux-tu qu'on te montre un peu comment ça se danse? demanda la Simili-Tortue.

— J'en serais ravie, répondit Alice.

— Essayons la première figure! dit la Simili-Tortue au Griffon. Après tout, on peut très bien se passer de homards. Qui va chanter?

— Oh, chante, toi, répondit le Griffon. Moi j'ai oublié les paroles.

Là-dessus, ils commencèrent gravement à danser en rond autour d'Alice, lui marchant de temps à autre sur les orteils quand ils passaient trop près d'elle, et battant la mesure avec leurs pattes de devant, tandis que la Simili-Tortue chantait ceci d'une voix lente et triste :

Le merlan dit à l'escargot : « Veux-tu avancer un peu?
Y a un brochet derrière nous qui me marche sur la queue.
Vois les homards et les tortues s'élancer en troupes denses!
Ils attendent sur les galets, veux-tu entrer dans la danse?
Veux-tu, ne veux-tu pas, veux-tu, veux-tu entrer dans la
    danse?
Veux-tu, ne veux-tu pas, veux-tu, veux-tu entrer dans la
    danse?

Tu ne peux vraiment pas savoir à quel point cela est beau
Quand on vous prend et qu'on vous jette, avec les homards,
    dans l'eau! »
Mais l'escargot répond : « Trop loin! » regarde avec
    méfiance,

137

Remercie beaucoup le merlan, ne veut entrer dans la danse.
Ne veut, ne peut, ne veut, ne peut, ne veut entrer dans la
danse.
Ne veut, ne peut, ne veut, ne peut, ne veut entrer dans la
danse.

« *Qu'importe que nous allions loin? répond l'autre avec*
gaieté,
Car il y a un autre pays, vois-tu, de l'autre côté.
Plus on est loin de l'Angleterre et plus on est près de la France.
Ne crains rien, escargot chéri, entre avec moi dans la danse.
Veux-tu, ne veux-tu pas, veux-tu, veux-tu entrer dans la
danse?
Veux-tu, ne veux-tu pas, veux-tu, veux-tu entrer dans la
danse? »

— Je vous remercie, c'est très intéressant à voir
danser, déclara Alice, qui était tout heureuse que ce
fût enfin terminé. J'aime énormément cette curieuse
chanson du merlan!

— Oh, pour ce qui est des merlans, dit la Simili-
Tortue, ils... Tu as déjà vu des merlans, naturellement?

— Oui, répondit Alice, j'en ai vu souvent à déj...
(Elle s'interrompit brusquement.)

— J'ignore où Déj peut bien se trouver, déclara
la Simili-Tortue, mais si tu en as vu souvent, tu dois
savoir comment ils sont faits.

— Il me semble bien que oui, répondit Alice, en
réfléchissant. Ils ont la queue dans la bouche... et ils
sont tout couverts de miettes de pain.

— Pour ce qui est des miettes, tu te trompes, fit
observer la Simili-Tortue; elles seraient emportées

par l'eau dans la mer. Mais il est exact qu'ils ont la queue dans la bouche; et voici pourquoi...

Elle se mit à bâiller et ferma les yeux :

— Explique-lui pourquoi, et raconte-lui tout le reste, dit-elle au Griffon.

— Voici pourquoi, reprit ce dernier. Ils ont voulu absolument aller danser avec les homards. En conséquence, ils ont été jetés à la mer. En conséquence, il a fallu qu'ils tombent très loin. En conséquence, ils se sont mis la queue dans la bouche aussi ferme que possible. En conséquence, ils n'ont pas pu la retirer. C'est tout.

— Je vous remercie, déclara Alice; c'est vraiment très intéressant. Jamais je n'avais appris tant de choses sur les merlans.

— Si ça t'amuse, je peux t'en dire bien davantage, dit le Griffon. Sais-tu à quoi servent les merlans?

— Je ne me le suis jamais demandé. A quoi servent-ils ?

— *Ils font les bottines et les souliers*, déclara le Griffon avec la plus profonde gravité.

Alice fut complètement déconcertée.

— Ils font les bottines et les souliers! répéta-t-elle d'un ton stupéfait.

— Voyons, avec quoi fait-on tes chaussures d'été? demanda le Griffon. Je veux dire : avec quoi les blanchit-on?

Alice réfléchit un moment avant de répondre :

— Je crois bien qu'on les fait avec du blanc d'Espagne.

— Bon! dit le Griffon d'une voix grave. Eh bien,

les chaussures, au fond de la mer, on les fait avec du blanc de merlan qui, tu ne l'ignores pas, est un poisson blanc [p]!

— Et qui est-ce qui les fabrique? demanda Alice d'un ton plein de curiosité.

— L'aiguille de mer et le requin-marteau, bien entendu, répondit le Griffon, non sans impatience; la moindre crevette aurait pu te dire ça [q]!

— Si j'avais été à la place du merlan, déclara Alice, qui pensait encore à la chanson, j'aurais dit au brochet : « En arrière, s'il vous plaît! Nous n'avons pas besoin de vous! »

— Ils étaient obligés de l'avoir avec eux, dit la Simili-Tortue; aucun poisson doué de bon sens n'irait où que ce fût sans un brochet.

— Vraiment! s'exclama Alice d'un ton stupéfait.

— Bien sûr que non. Vois-tu, si un poisson venait me trouver, moi, et me disait qu'il va partir en voyage, je lui demanderais : « Avec quel brochet? »

— N'est-ce pas : « projet », et non : « brochet » que vous voulez dire [r]?

— Je veux dire ce que je dis, répliqua la Simili-Tortue d'un ton offensé.

Et le Griffon ajouta :

— Allons, à présent, c'est ton tour de nous raconter tes aventures.

— Je peux vous raconter les aventures qui me sont arrivées depuis ce matin, dit Alice assez timidement; mais il est inutile que je remonte jusqu'à hier, car, hier, j'étais tout à fait différente de ce que je suis aujourd'hui...

— Explique-nous ça, demanda la Simili-Tortue.

— Non, non! les aventures d'abord! s'exclama le Griffon d'un ton impatient. Les explications prennent beaucoup trop de temps.

Alice commença donc à leur raconter ses aventures à partir du moment où elle avait rencontré le Lapin Blanc. Au début, elle se sentit un peu intimidée, car les deux créatures, qui s'étaient mises contre elle, une de chaque côté, ouvraient de très grands yeux et une très grande bouche; mais elle prit courage à mesure qu'elle avançait dans son récit. Ses auditeurs observèrent un silence complet, mais, lorsqu'elle arriva à sa rencontre avec la Chenille, lorsqu'elle eut raconté comment elle avait essayé de réciter : *Vous êtes vieux, Père William*, et comment les mots étaient venus tout différents de ce qu'ils étaient en réalité, la Simili-Tortue respira profondément et dit :

— Voilà qui est bien curieux.

— Je n'ai jamais entendu rien d'aussi curieux, déclara le Griffon.

— C'est venu tout différent de ce que c'est en réalité!... répéta pensivement la Simili-Tortue. J'aimerais bien qu'elle me récite quelque chose. Dis-lui de commencer tout de suite, demanda-t-elle au Griffon, comme si elle croyait qu'il avait une autorité particulière sur Alice.

— Lève-toi et récite : *C'est la voix du paresseux*, ordonna-t-il.

« Comme ces créatures aiment vous commander et vous faire réciter des leçons! pensa Alice. Vraiment, j'ai l'impression d'être en classe. »

Néanmoins, elle se leva et commença à réciter; mais elle pensait tellement au quadrille des Homards qu'elle ne savait plus trop ce qu'elle disait, et les paroles qu'elle prononça étaient vraiment très bizarres :

C'est la voix du homard qui dit d'un ton nerveux :
« J'ai cuit bien trop longtemps, sucrez-moi les cheveux. »
Comme font les canards, avec son nez vermeil
Il se boutonne, et tourne en dehors ses orteils.

Lorsque le sable est sec, d'un petit air coquin,
Avec un grand mépris il parle du requin;
Mais quand vient la marée où le requin s'ébat,
Vous ne l'entendez plus tant il chuchote bas.

142

— C'est différent de ce que je récitais, moi, quand j'étais enfant, dit le Griffon.

— Quant à moi, je n'avais jamais entendu ça de ma vie, ajouta la Simili-Tortue, mais ça m'a tout l'air d'un ramassis de sottises.

Alice resta silencieuse; elle s'était assise, le visage enfoui dans les mains, et se demandait si les choses redeviendraient normales un jour ou l'autre.

— Je voudrais bien qu'on m'explique ces vers, demanda la Simili-Tortue.

— Elle en est bien incapable, dit vivement le Griffon. Récite-nous la troisième strophe.

— Mais, voyons, insista la Tortue, comment pourrait-il bien faire pour tourner en dehors ses orteils avec le bout de son nez?

— C'est la première position qu'on prend pour danser, répondit Alice qui, terriblement déconcertée par tout ceci, mourait d'envie de changer de sujet de conversation.

— Récite-nous la troisième strophe, répéta le Griffon. Elle commence comme ceci : *En passant devant son jardin.*

Alice n'osa pas désobéir, bien qu'elle fût certaine que tout irait de travers, et elle continua d'une voix tremblante :

En passant devant son jardin, j'ai remarqué
Le Tigre et le Hibou qui mangeaient un pâté;
Le Tigre avalait croûte et viande sans retard,
Et le Hibou avait le plat pour toute part.

Le pâté terminé, le Hibou, comme don,
D'empocher la cuillère eut l'autorisation ;
Le Tigre, lui, reçut le reste du couvert,
Et conclut le banquet en...

— A quoi cela sert-il de répéter toutes ces sornettes, dit la Simili-Tortue en l'interrompant, si tu n'expliques pas au fur et à mesure ce qu'elles signifient ? Jamais de ma vie je n'ai entendu quelque chose d'aussi déconcertant !

— Oui, je crois que tu ferais mieux de t'arrêter, déclara le Griffon. (Et Alice fut trop heureuse de suivre ce conseil.) Veux-tu que nous essayions de danser une autre figure du Quadrille des Homards ? poursuivit-il. Ou bien aimerais-tu mieux que la Simili-Tortue te chante une chanson ?

— Oh, une chanson, je vous en prie, si la Simili-Tortue veut être assez gentille pour en chanter une, répondit Alice avec tant d'empressement que le Griffon grommela d'un ton légèrement offensé :

— Hum ! Il y a des gens qui ont des goûts bizarres ! Enfin, soit. Chante-lui : *Soupe à la Tortue*, veux-tu, ma vieille ?

La Simili-Tortue poussa un profond soupir, et commença d'une voix entrecoupée de sanglots :

> *Belle Soupe, si riche et verte,*
> *Fumant dans la soupière ouverte !*
> *La foule autour de toi s'attroupe !*
> *Soupe du soir, ô belle soupe !*
> *Soupe du soir, ô belle soupe !*

Bê-êlle Sou-oupe!
Bê-êlle Sou-oupe!
Sou-oupe ,du soi-oir!
Belle, belle Soupe!
Belle Soupe! Viande et poisson
Près de toi ne sont que poison!
J'en veux seulement pour deux sous,
Petite Soupe, ô ma belle Soupe!
O ma petite et belle Soupe!

Bê-êlle Sou-oupe!
Bê-êlle Sou-oupe!
Sou-oupe du soi-oir!
Belle, bê-ELLE SOUPE!

— Répète le refrain! cria le Griffon.

La Simili-Tortue avait commencé à le répéter, lorsqu'on entendit dans le lointain une voix qui clamait : « Le procès va s'ouvrir! »

— Arrive! hurla le Griffon.

Puis, prenant Alice par la main, il s'en alla en toute hâte, sans attendre la fin de la chanson.

— De quel procès s'agit-il? demanda Alice, toute haletante, sans cesser de courir.

Mais le Griffon se contenta de répondre : « Arrive! » en courant de plus belle, tandis que la brise portait jusqu'à eux ces paroles mélancoliques qui résonnaient de plus en plus faiblement :

Sou-oupe du soi-oir!
Belle, belle Soupe!

Chapitre 11
Qui a volé les tartes?

Lorsque Alice et le Griffon arrivèrent, le Roi et la Reine de Cœur étaient assis sur leur trône, au milieu d'une grande foule composée de toutes sortes de petits animaux et de petits oiseaux, ainsi que de toutes les cartes du jeu. Devant eux se trouvait le Valet de Cœur, chargé de chaînes, gardé par deux soldats; près du Roi, on voyait le Lapin Blanc qui tenait une trompette d'une main et un rouleau de parchemin de l'autre. Au centre exact de l'enceinte où siégeait le tribunal se trouvait une table couverte d'un grand plat de tartes : elles avaient l'air si bonnes qu'Alice eut très faim rien qu'à les regarder. « Je voudrais bien que le procès s'achève, se dit-elle, et qu'on fasse circuler les rafraîchissements! » Mais il semblait n'y avoir guère de chance que son vœu se réalisât; aussi commença-t-elle à regarder tout autour d'elle pour passer le temps.

Alice n'avait jamais pénétré dans une salle de tribunal, mais elle en avait lu diverses descriptions dans plusieurs livres et elle fut tout heureuse de constater qu'elle savait le nom de presque tout ce qui s'y trouvait. « Celui-là, c'est le juge, se dit-elle, puisqu'il a une perruque[1]. »

Il faut préciser que le juge était le Roi. Comme il portait sa couronne par-dessus sa perruque, il avait l'air très mal à l'aise, et cet attirail était totalement dépouvu d'élégance.

« Ah! voici le banc du jury, pensa Alice, et ces douze créatures (elle était obligée d'employer le mot : " créature ", car, voyez-vous, il y avait à la fois des animaux et des oiseaux), je suppose que ce sont les jureurs. » Elle se répéta ce dernier mot deux ou trois fois, très fière de le savoir; car elle pensait, à juste titre d'ailleurs, que très peu de petites filles de son âge en connaissaient la signification. Néanmoins, elle aurait pu tout aussi bien employer le mot : « jurés ».

Les douze « jureurs » étaient fort occupés à écrire sur des ardoises.

— Que font-ils? demanda Alice au Griffon à voix basse. Ils n'ont rien à écrire tant que le procès n'a pas commencé.

— Ils écrivent leur nom, répondit le Griffon dans un souffle, de peur de l'oublier avant la fin du procès.

— Quels imbéciles! s'exclama-t-elle d'une voix forte et indignée.

Mais elle se tut vivement, car le Lapin Blanc cria : « Silence! » tandis que le Roi mettait ses lunettes et regardait anxieusement autour de lui pour voir qui se permettait de parler.

Alice put voir, aussi distinctement que si elle avait

1. En Angleterre, les juges portent perruque.

148

regardé par-dessus leur épaule, que tous les jurés étaient en train d'écrire : « Quels imbéciles! » sur leur ardoise, et que l'un deux, ne sachant pas orthographier : « imbéciles », était obligé de demander à son voisin de lui épeler le mot. « Il va y avoir un beau fouillis sur leurs ardoises d'ici la fin du procès! » pensa-t-elle.

L'un d'eux avait un crayon qui grinçait. Naturellement, Alice ne put supporter cela : elle fit le tour du tribunal, se glissa derrière le juré, et eut vite trouvé l'occasion de lui subtiliser son crayon. Elle le fit si prestement que le pauvre petit juré (c'était Pierre, le Lézard,) ne comprit absolument rien à ce qui s'était passé; aussi, après avoir cherché partout son crayon,

il fut obligé d'écrire avec un doigt pendant tout le temps que dura le procès, ce qui ne servait pas à grand-chose car le doigt ne laissait aucune trace sur l'ardoise.

— Héraut, lisez l'acte d'accusation! s'écria le Roi.

Sur ce, le Lapin Blanc sonna trois fois de sa trompette, déroula le parchemin, et lut ce qui suit :

> *La Reine de Cœur ayant fait des tartes*
> *Par un beau jour d'été,*
> *Le Valet de Cœur a volé ces tartes,*
> *Et puis s'en est allé!*

— Délibérez pour rendre votre verdict, ordonna le Roi aux jurés.

— Pas encore, pas encore! protesta le Lapin. Il y a beaucoup à faire avant d'en arriver là!

— Appelez le premier témoin, reprit le Roi.

Aussitôt le Lapin Blanc sonna trois fois de la trompette et cria : « Premier témoin! »

Le premier témoin était le Chapelier. Il entra, tenant d'une main une tasse de thé et de l'autre une tartine beurrée.

— Je demande pardon à Votre Majesté, commença-t-il, de me présenter ainsi, mais je n'avais pas tout à fait fini de prendre mon thé lorsqu'on est venu me chercher.

— Vous auriez dû avoir fini, rétorqua le Roi. Quand avez-vous commencé?

Le Chapelier regarda le Lièvre de Mars qui l'avait suivi dans la salle du Tribunal, bras dessus bras dessous avec le Loir.

— Je crois bien que c'était le quatorze mars, dit-il.

— Le quinze, rectifia le Lièvre de Mars.

— Le seize, ajouta le Loir.

— Notez tout cela, dit le Roi aux jurés. Ceux-ci écrivirent avec ardeur les trois dates sur leur ardoise, puis ils les additionnèrent, et convertirent le total en francs et en centimes.

— Otez votre chapeau, ordonna le Roi au Chapelier.

— Il n'est pas à moi, protesta l'interpellé.

— Volé! s'exclama le Roi, en se tournant vers les jurés qui, immédiatement, prirent note du fait.

— Je n'ai aucun chapeau qui m'appartienne, ajouta le Chapelier en guise d'explication. Je les vends, je suis chapelier de mon métier.

Sur ce, la Reine mit ses lunettes, puis elle le regarda

151

si fixement qu'il devint tout pâle et commença à s'agiter.

— Faites votre déposition, dit le Roi, et tâchez de vous calmer; sans quoi, je vous fais exécuter sur-le-champ.

Ceci n'eut pas l'air d'encourager du tout le témoin : il continua à se dandiner d'un pied sur l'autre tout en jetant vers la Reine des regards inquiets, et, dans son désarroi, il prit une grosse bouchée de sa tasse au lieu de mordre dans sa tartine.

Juste à ce moment, Alice éprouva une sensation très bizarre qui l'intrigua beaucoup jusqu'à ce qu'elle eût compris de quoi il s'agissait : elle recommençait à grandir. Sa première idée fut de se lever et de quitter la salle du Tribunal; mais, à la réflexion, elle décida de rester où elle était, tant qu'il y aurait assez de place pour elle.

— Je voudrais bien que tu ne me serres pas comme ça, dit le Loir qui était assis à côté d'elle. C'est tout juste si je peux respirer.

— Ce n'est pas ma faute, répondit Alice très humblement; je suis en train de grandir.

— Tu n'as absolument pas le droit de grandir, du moins pas ici, affirma le Loir.

— Ne dites donc pas de bêtises, répliqua Alice plus hardiment. Vous savez bien que vous grandissez, vous aussi...

—- Oui, mais moi, je grandis à une vitesse raisonnable, et pas de cette façon ridicule, fit observer le Loir.

Sur ces mots, il se leva d'un air fort maussade, et alla s'installer à l'autre extrémité de la salle.

Pendant tout ce temps-là, la Reine n'avait pas cessé de regarder fixement le Chapelier, et, juste au moment où le Loir traversait la salle, elle ordonna à l'un des huissiers : « Apportez-moi la liste des chanteurs du dernier concert! »

Là-dessus l'infortuné Chapelier se mit à trembler si fort qu'il en perdit ses souliers.

— Faites votre déposition, répéta le Roi d'un ton furieux, sans quoi je vais vous faire exécuter, que vous ayez peur ou non.

— Je ne suis qu'un pauvre homme, Votre Majesté, débuta le Chapelier d'une voix tremblante, et je n'avais pas encore commencé à prendre le thé... en tout cas pas depuis plus d'une semaine environ... et vu que, d'une part, les tartines devenaient de plus en plus minces... et que, d'autre part, les tintements du thé⁵...

— Les tintements du quoi?

— Ça a commencé par un thé.

— Bien sûr que « tintement » commence par un T! dit le Roi d'un ton aigre. Me prenez-vous pour un âne bâté? Continuez!

— Je ne suis qu'un pauvre homme, reprit le Chapelier, et après ça, tout s'est mis à tinter... mais le Lièvre de Mars a dit que...

— C'est faux! interrompit le Lièvre de Mars très vivement.

— Tu l'as dit! riposta le Chapelier.

— Je le nie! protesta le Lièvre de Mars.

— Il le nie, déclara le Roi. Laissez ce sujet de côté.

— Soit. De toute façon, le Loir a dit..., continua

le Chapelier en jetant autour de lui un regard inquiet pour voir si le Loir allait nier, lui aussi. Mais il ne nia rien, car il dormait profondément.

— Après cela, reprit le Chapelier, j'ai coupé d'autres tartines...

— Mais qu'est-ce qu'a dit le Loir? demanda l'un des jurés.

— Je ne peux pas me le rappeler, répondit le Chapelier.

— Il faut absolument vous le rappeler, dit le Roi; sans quoi je vais vous faire exécuter.

Le pitoyable Chapelier laissa tomber sa tasse et sa tartine, et mit un genou en terre.

— Je ne suis qu'un pauvre homme, Votre Majesté, commença-t-il.

— Vous êtes surtout un bien pauvre orateur, déclara le Roi.

A ces mots, un des cochons d'Inde applaudit, et fut immédiatement étouffé par les huissiers. (Comme cela peut paraître difficile à comprendre, je vais vous expliquer comment ils procédèrent : ils avaient un grand sac de toile dont on fermait l'ouverture par des ficelles; ils y fourrèrent le cochon d'Inde, la tête la première, puis ils s'assirent sur lui.)

« Je suis bien contente d'avoir vu ça, pensa Alice. J'ai lu très souvent dans les journaux, à la fin du compte rendu d'un procès : " Il y eut une tentative d'applaudissement qui fut immédiatement étouffée par les juissiers " mais, jusqu'aujourd'hui, je n'avais jamais compris ce que ça voulait dire. »

— Si c'est tout ce que vous savez de cette affaire, vous pouvez descendre, continua le Roi.

— Je ne peux pas aller plus bas, dit le Chapelier, je suis déjà sur le plancher.

— Alors, asseyez-vous, répliqua le Roi.

A ces mots, le second cochon d'Inde applaudit, et fut aussitôt étouffé.

« Bon, nous voilà débarrassés des cochons d'Inde! pensa Alice. A présent, ça va aller mieux. »

— Je préférerais finir mon thé, répondit le Chapelier en jetant un regard inquiet à la Reine qui était en train de lire la liste des chanteurs.

— Vous pouvez vous retirer, dit le Roi.

Là-dessus le Chapelier partit en tout hâte, sans même prendre la peine de remettre ses souliers.

— ... et ne manquez pas de lui couper la tête dès qu'il sera dehors, ajouta la Reine à l'adresse d'un des huissiers.

Mais le Chapelier avait disparu avant même que l'huissier fût arrivé à la porte.

155

— Appelez le témoin suivant! ordonna le Roi.

Le témoin suivant était la cuisinière de la Duchesse. Elle portait à la main sa boîte de poivre, et Alice devina ce qui allait arriver, avant même qu'elle ne pénétrât dans la salle, lorsque les gens qui se trouvaient près de la porte commencèrent à éternuer tous à la fois.

— Faites votre déposition, dit le Roi.

— Je refuse, répliqua la cuisinière.

Le Roi jeta un regard inquiet au Lapin Blanc qui murmura à son oreille :

— Il faut absolument que Votre Majesté fasse subir un contre-interrogatoire à ce témoin.

— Allons, puisqu'il le faut!... dit le Roi d'un ton mélancolique.

Ensuite, après avoir croisé les bras et froncé les sourcils à un point tel qu'on ne voyait presque plus ses yeux, il demanda à la cuisinière d'une voix caverneuse :

— Avec quoi fait-on les tartes?

— Avec du poivre, presque toujours, répondit-elle.

— Avec de la mélasse, murmura derrière elle une voix endormie.

— Prenez ce Loir au collet! hurla la Reine. Coupez la tête à ce Loir! Expulsez ce Loir! Étouffez-le! Pincez-le! Coupez-lui les moustaches!

Pendant les quelques minutes nécessaires à l'expulsion du coupable, le plus grand désordre régna dans la salle du Tribunal, et, quand tout le monde eut regagné sa place, la cuisinière avait disparu.

— Peu importe! dit le Roi d'un air très soulagé. Appelez le témoin suivant.

Et il ajouta à voix basse, à l'adresse de la Reine :

— Vraiment, ma chère amie, c'est à vous de faire subir un contre-interrogatoire au témoin suivant. Ça me donne une telle migraine!

Alice regardait le Lapin Blanc chercher nerveusement qui serait le témoin suivant, « car, jusqu'à présent, ils n'ont pas beaucoup de preuves », se disait-elle.

Imaginez sa surprise, lorsque le Lapin Blanc cria très fort, de sa petite voix aiguë : « Alice! »

Chapitre 12
La déposition d'Alice

— Présente! répondit Alice.

Elle était si troublée qu'elle en oublia combien elle avait grandi pendant les quelques dernières minutes, et elle se leva d'un bond, si brusquement qu'elle renversa le banc des jurés avec le bas de sa jupe. Les jurés dégringolèrent sur la tête des assistants placés au-dessous, puis ils restèrent étalés les quatre fers en l'air, lui rappelant beaucoup les poissons rouges d'un bocal qu'elle avait renversé par accident huit jours auparavant.

— Oh! je vous demande bien pardon! s'exclama-t-elle d'une voix consternée.

Ensuite, elle se mit à relever les jurés aussi vite que possible, car elle ne cessait pas de penser aux poissons rouges, et elle s'imaginait très vaguement qu'il fallait les ramasser et les remettre sur leur banc sans perdre une seconde, faute de quoi ils allaient mourir.

— Le procès ne peut continuer, déclara le Roi d'un ton fort grave, avant que tous les jurés ne soient remis exactement à leur place... Tous, répéta-t-il en appuyant sur ce mot et en fixant Alice droit dans les yeux.

La fillette regarda le banc des jurés. Elle vit que, dans sa précipitation, elle avait remis le Lézard la tête en bas, et que la pauvre bête, incapable de se tirer d'affaire toute seule, agitait mélancoliquement sa queue dans tous les sens. Elle eut vite fait de le replacer dans une position normale, « bien que, pensa-t-elle, ça n'ait pas beaucoup d'importance : je ne crois pas qu'il puisse servir à grand-chose pour ce procès, dans un sens comme dans l'autre. »

Dès que les jurés furent un peu remis de leur émotion, dès qu'on eut retrouvé et qu'on leur eut rendu leur crayon et leur ardoise, ils se mirent à rédiger en détail, avec beaucoup d'application, l'histoire de leur accident; tous sauf le Lézard qui avait l'air trop accablé pour faire autre chose que rester assis, la bouche grande ouverte, à regarder le plafond.

— Que savez-vous de cette affaire ? demanda le Roi à Alice.

— Rien.

— Absolument rien ?

— Absolument rien.

— Voilà une chose d'importance, déclara le Roi en se tournant vers les jurés.

Ceux-ci s'apprêtaient à écrire sur leur ardoise lorsque le Lapin Blanc intervint.

— Votre Majesté a voulu dire : « sans importance », naturellement, dit-il d'un ton très respectueux, mais en fronçant les sourcils et en faisant des grimaces.

— Sans importance, naturellement, ai-je voulu dire, reprit vivement le Roi.

Après quoi, il se mit à répéter à voix basse pour lui tout seul : « d'importance, sans importance, sans importance, d'importance », comme s'il essayait de trouver ce qui sonnait le mieux.

Certains jurés notèrent : « d'importance », et d'autres : « sans importance ». Alice s'en aperçut, car elle était assez près d'eux pour lire sur leurs ardoises ; « mais, de toute façon, pensa-t-elle, ça n'a pas la moindre importance ».

A ce moment, le Roi, qui avait été pendant quelque temps fort occupé à griffonner sur son carnet, cria : « Silence ! » et se mit à lire à haute voix : « Article Quarante-Deux : *Toute personne dépassant un kilomètre de haut doit quitter le Tribunal.* »

Chacun regarda Alice.

— Moi, je n'ai pas un kilomètre de haut, dit Alice.

— Si fait, affirma le Roi.

— Près de deux kilomètres, ajouta la Reine.

— De toute façon, je ne m'en irai pas, déclara Alice. D'ailleurs cet article ne fait pas partie du code : vous venez de l'inventer à l'instant.

— C'est l'article le plus ancien du code, dit le Roi.

— En ce cas, il devrait porter le Numéro Un, fit observer Alice.

Le Roi pâlit, et referma vivement son carnet.

— Délibérez pour rendre votre verdict, ordonna-t-il aux jurés d'une voix basse et tremblante.

— Plaise à Votre Majesté, il y a encore d'autres preuves à examiner, dit le Lapin Blanc en se levant d'un bond. On vient de trouver ce papier.

— Que contient-il? demanda la Reine.

— Je ne l'ai pas encore ouvert, répondit le Lapin Blanc, mais cela ressemble à une lettre, écrite par le prisonnier à... quelqu'un.

— Ça doit être ça, dit le Roi. A moins que cette lettre n'ait été écrite à personne, ce qui est plutôt rare, comme vous le savez.

— A qui est-elle adressée? demanda l'un des jurés.

— Elle n'est adressée à personne, répondit le Lapin Blanc. En fait, il n'y a rien d'écrit à l'extérieur.

Il déplia le papier tout en parlant, puis il ajouta :

— Après tout, ce n'est pas une lettre; c'est une pièce de vers.

— Ces vers sont-ils de la main du prisonnier? demanda un autre juré.

— Non, répondit le Lapin Blanc; et c'est bien ce

qu'il y a de plus bizarre. (Tous les jurés prirent un air déconcerté.)

— Il a dû imiter l'écriture de quelqu'un, dit le Roi. (A ces mots, le visage des jurés se dérida.)

— Plaise à Votre Majesté, déclara le Valet de Cœur, je n'ai pas écrit ces vers, et personne ne peut prouver que je les ai écrits : ils ne sont pas signés.

— Si vous ne les avez pas signés, rétorqua le Roi, alors cela ne fait qu'aggraver votre cas. Si vous n'aviez pas eu de mauvaises intentions, vous auriez signé de votre nom, comme un honnête homme.

A ces mots, tout le monde se mit à applaudir, car c'était la seule chose vraiment intelligente que le Roi eût dite depuis le début de la journée.

— Cela prouve formellement sa culpabilité, déclara la Reine.

— Cela ne prouve rien du tout! s'exclama Alice. Allons donc! vous ne savez même pas de quoi il est question dans ces vers!

— Lisez-les, ordonna le Roi.

Le Lapin Blanc mit ses lunettes.

— Plaise à Votre Majesté, où dois-je commencer? demanda-t-il.

— Commencez au commencement, dit le Roi d'un ton grave, et continuez jusqu'à ce que vous arriviez à la fin; ensuite, arrêtez-vous.

Voici les vers que lut le Lapin Blanc :

Vous avez conversé avec elle, dit-on,
*   Et lui vous a parlé de moi :*
Elle a dit que je nageais moins bien qu'un poisson,
*   Mais que j'étais digne de foi.*

Il leur a fait savoir que j'étais toujours là
(Nous n'ignorons pas que c'est vrai) :
Si elle poussait plus loin l'affaire que voilà,
Où donc vous iriez-vous fourrer ?

Je lui en ai donné une, ils lui en ont donné deux,
Vous nous en avez donné trois,
Et lui vous les a bien rendues devant mes yeux :
Pourtant elles étaient à moi.

S'il advient qu'elle ou moi nous soyons par hasard
Très compromis par ce procès,
Vous les libérerez, pense-t-il, sans retard,
Tout comme on nous a libérés.

Moi, je m'imaginais que vous aviez été,
(Vu l'attaque qu'elle subit)
Un grand obstacle qui s'était interposé
Entre lui, et nous, et ceci.

Il ne doit pas savoir qu'elle les aimait mieux ;
Et, si vous savez rester coi,
Nul n'apprendra ce grand secret mystérieux
Bien gardé par elle et par moi.

— C'est la preuve la plus importante que nous ayons eue jusqu'ici, dit le Roi, en se frottant les mains. En conséquence, que le jury...

— S'il y a un seul juré capable d'expliquer ces vers, déclara Alice (elle avait tellement grandi au cours des quelques dernières minutes qu'elle n'avait pas du tout peur d'interrompre le Roi), je lui donnerai une pièce de dix sous. A mon avis, ils n'ont absolument aucun sens.

Tous les jurés écrivirent sur leurs ardoises : « A son
avis, ils n'ont absolument aucun sens » mais nul d'entre
eux n'essaya d'expliquer les vers.

— S'ils n'ont aucun sens, dit le Roi, cela nous
évite beaucoup de mal, car nous n'avons pas besoin
d'en chercher un... Et pourtant, je me demande si
c'est vrai, continua-t-il, en étalant la feuille de papier
sur ses genoux et en lisant les vers d'un œil; il me
semble qu'ils veulent dire quelque chose, après tout...

Ainsi : « que je nageais moins bien qu'un poisson »... Vous ne savez pas nager, n'est-ce pas? demanda-t-il au Valet.

Celui-ci secoua la tête tristement.

— Ai-je l'air de quelqu'un qui sait nager? dit-il. (Et il n'en avait certainement pas l'air, vu qu'il était fait entièrement de carton.)

— Jusqu'ici, tout va bien, déclara le Roi.

Puis, il continua à lire les vers à voix basse :

— « Nous n'ignorons pas que c'est vrai »... Il s'agit des jurés, naturellement... « Je lui en ai donné une, ils lui en ont donné deux »... Mais voyons, c'est clair : c'est ce qu'il a dû faire des tartes.

— Regardez donc la suite : « Et lui vous les a bien rendues », dit Alice.

— Bien sûr, les voici! s'écria le Roi d'une voix triomphante, en montrant du doigt les tartes qui se trouvaient sur la table. Cela me paraît clair comme le jour. Quant à ceci : « Vu l'attaque qu'elle subit »... Je crois que vous n'avez jamais eu d'attaque, n'est-ce pas, ma chère amie? demanda-t-il à la Reine.

— Jamais! s'exclama-t-elle d'une voix furieuse, tout en jetant un encrier à la tête du Lézard. (L'infortuné petit Pierre avait cessé d'écrire sur son ardoise avec un doigt, après s'être aperçu que cela ne laissait aucune trace; mais il se remit vivement à la besogne en utilisant l'encre qui dégoulinait le long de son visage jusqu'à ce qu'elle fût sèche.)

— Si vous n'avez jamais eu d'attaque, ce n'est pas vous qu'on attaque[1], dit le Roi.

Puis, il regarda autour de lui en souriant d'un air satisfait. Il y eut un silence de mort.

— C'est un jeu de mots! ajouta-t-il d'un ton vexé.

Et tout le monde éclata de rire.

— Que les jurés délibèrent pour rendre leur verdict, ordonna le Roi pour la vingtième fois de la journée.

— Non, non! dit la Reine. La sentence d'abord, la délibération ensuite.

— C'est stupide! protesta Alice d'une voix forte. En voilà une idée!

— Taisez-vous! ordonna la Reine, pourpre de fureur.

— Je ne me tairai pas! répliqua Alice.

— Qu'on lui coupe la tête! hurla la Reine de toutes ses forces.

Personne ne bougea.

— Qui fait attention à vous? demanda Alice (qui avait maintenant retrouvé sa taille normale). Vous n'êtes qu'un jeu de cartes!

A ces mots, toutes les cartes montèrent dans l'air et lui retombèrent dessus. Elle poussa un petit cri de colère et de frayeur, essaya de les repousser avec ses mains, et se retrouva couchée sur le talus, la tête sur les genoux de sa sœur qui enlevait doucement de son visage quelques feuilles mortes tombées des arbres.

— Alice, ma chérie, réveille-toi! lui dit sa sœur. Comme tu as dormi longtemps!

— Oh, quel rêve bizarre je viens de faire! s'exclama Alice.

Et elle se mit à raconter, autant qu'elle pouvait se les rappeler, toutes les étranges Aventures que vous venez de lire.

Lorsqu'elle eut fini, sa sœur l'embrassa et dit :

— C'était un rêve vraiment très bizarre, ma chérie; mais, à présent, rentre vite à la maison pour prendre ton thé; il commence à se faire tard.

Alice se leva et s'en alla en courant, tout en réfléchissant de son mieux au rêve merveilleux qu'elle venait de faire.

Mais sa sœur resta assise sans bouger à l'endroit où sa cadette l'avait laissée, la tête appuyée sur une main, regardant le soleil se coucher, songeant à Alice et à ses merveilleuses Aventures, jusqu'à ce qu'elle aussi se mît à rêver tout éveillée. Et voici quel fut son rêve.

D'abord elle rêva de la petite Alice. De nouveau les petites mains furent croisées sur ses genoux, les yeux avides et brillants furent fixés sur les siens; elle crut entendre le timbre même de sa voix, elle crut voir le petit mouvement de sa tête rejetée en arrière pour écarter les cheveux qui avaient la fâcheuse habitude de lui tomber sur les yeux; et, tandis qu'elle écoutait, ou croyait écouter, il lui sembla voir s'agiter autour d'elle les créatures bizarres du rêve de sa petite sœur.

Les longues herbes se mirent à bruire à ses pieds tandis que le Lapin Blanc passait en hâte... La Souris effrayée traversa la mare voisine avec un léger clapotis... Elle entendit le bruit des tasses à thé du Lièvre de Mars et de ses amis, éternellement attablés devant leur éternel goûter, et la voix aiguë de la Reine ordonnant l'exécution de ses malheureux invités... Une fois encore le bébé-cochon éternua sur les genoux de la Duchesse, tandis que plats et assiettes s'écrasaient autour de lui... Une fois encore le cri du Griffon, le grincement du crayon sur l'ardoise du Lézard, les faibles soupirs des cochons d'Inde étouffés, remplirent l'espace, mêlés aux sanglots lointains de l'infortunée Simili-Tortue.

Elle resta ainsi, les yeux fermés, croyant presque être au Pays des Merveilles, tout en sachant fort bien qu'il lui suffirait de les rouvrir pour retrouver la terne réalité. L'herbe ne bruirait plus qu'au souffle du vent, et, seul, le balancement des tiges des roseaux ferait naître des rides à la surface de la mare... Le tintement des tasses à thé deviendrait le tintement des clochettes des moutons, les cris aigus de la Reine ne seraient plus que la voix du petit berger... Les éternuements du bébé, les cris du Griffon et tous les autres bruits étranges, se transformeraient (elle ne le savait que trop) en la rumeur confuse qui montait de la basse-cour, tandis que les meuglements lointains du bétail remplaceraient les lourds sanglots de la Simili-Tortue.

Finalement, elle se représenta cette même petite sœur devenue femme. Elle était certaine que, dans les années à venir, Alice garderait son cœur d'enfant, si aimant et si simple; elle rassemblerait autour d'elle d'autres petits enfants, ses enfants à elle, et ce serait leurs yeux à eux qui deviendraient brillants et avides en écoutant mainte histoire extraordinaire, peut-être même cet ancien rêve du Pays des Merveilles. Elle partagerait tous leurs simples chagrins et prendrait plaisir à toutes leurs simples joies, en se rappelant sa propre enfance et les heureuses journées d'été.

La plupart des poésies contenues dans Alice au Pays des Merveilles n'ont pas été inventées par l'auteur. En les écrivant, Lewis Carroll s'est amusé à parodier des poésies enfantines, généralement à tendance moralisatrice, que tous les écoliers et les écolières d'Angleterre savaient par cœur à cette époque.

Nous présentons ci-après les textes originaux que la pauvre Alice déforme si étrangement. Le lecteur ne s'étonnera pas de ce que les parodies de Lewis Carroll aient survécu à leurs modèles, dont certains semblent avoir complètement disparu.

Appendice

CHAPITRE 2

Voyez le petit crocodile,
Comme sa queue se tord
Lorsqu'il répand les eaux du Nil
Sur ses écailles d'or!

Voyez son sourire d'ivoire,
Ses griffes en poinçons!
Il accueille à pleine mâchoire
Tous les petits poissons!

CHAPITRE 5

« Vous êtes vieux, Père William, dit le jeune homme.
    Voyez, déjà vos cheveux sont tout blancs.
Or, sans arrêt vous faites la chandelle; en somme
    Ça n'est pas très normal à soixante ans. »

Père William lui dit : « Du temps de ma jeunesse,
    Ça m'inquiétait un peu pour mon cerveau;
Aujourd'hui, sûr de n'en avoir pas, je confesse
    Y trouver un plaisir toujours nouveau. »

« Vous êtes vieux (je l'ai déjà dit, mais qu'importe!)
    Et vous êtes très gros; et cependant,
Sans effort vous sautez par-dessus cette porte :
    Père, comment pourrais-je en faire autant? »

« Dans ma jeunesse, dit-il d'une voix benoîte,
    Je gardai mon corps souple et vigoureux
Par le moyen de cet onguent (vingt sous la boîte),
    Mon fils, veux-tu que je t'en vende deux? »

« Vous êtes vieux, et vos mâchoires sont trop frêles
    Pour rien mâcher que le gras de rognon;
Vous mangeâtes pourtant, des pattes jusqu'aux ailes,
    Une oie entière : pour quelle raison? »

... ET CE QU'ELLE VOULAIT DIRE

Voyez donc la petite abeille
    Voltiger dans les airs,
Et butiner les fleurs vermeilles
    Au calice entrouvert!

Voyez-la travailler sans cesse
    A bâtir ses rayons;
Elle y amasse sa richesse :
    Le miel suave et blond!

(Début d'une poésie d'Isaac Watts
[1674-1748], intitulée : *Contre l'Oisi-
veté et le Vice.*)

***

« Vous êtes vieux, Père William, dit le jeune homme,
    Et vos cheveux grisonnent tout à fait;
Pourtant, vous êtes vigoureux et très alerte :
    Père, dites-moi pourquoi, s'il vous plaît. »

Père William lui dit : « Du temps de ma jeunesse,
    Je me disais qu'elle durerait peu;
Et j'économisais ma santé et ma force,
    Pour en jouir lorsque je serais vieux. »

« Vous êtes vieux, Père William, dit le jeune homme;
    Tout plaisir avec l'âge disparaît.
Pourtant, vous ne vous plaignez pas de la vieillesse :
    Père, dites-moi pourquoi, s'il vous plaît. »

Père William lui dit : « Du temps de ma jeunesse,
    Je me disais : " Elle va vite passer. "
C'est pourquoi je pensais à l'avenir sans trêve,
    Pour ne jamais regretter le passé. »

« Vous êtes vieux, Père William, dit le jeune homme,
    Et, peu à peu, votre vie disparaît.
Pourtant, vous me parlez de la mort avec calme;
    Père, dites-moi pourquoi, s'il vous plaît. »

175

VOICI CE QUE DIT ALICE...

« Dans ma jeunesse, j'étudiais la loi sans trêve;
  Ma femme et moi discutions chaque cas :
D'où cette force de mâchoires dont tu rêves,
  Et qui me dure depuis ce temps-là. »

« Vous êtes vieux, et quand on voit vos yeux en vrille,
  Nul ne croirait que vous y voyez bien;
Pourtant, sur votre nez vous tenez une anguille :
  En équilibre... Dites-moi, par quel moyen? »

« J'ai déjà répondu trois fois; cela m'assomme.
  N'essaie donc pas de prendre un air hautain!
Mon temps est trop précieux, file à l'instant, jeune homme,
  Ou je te vais botter l'arrière-train! »

CHAPITRE 10

C'est la voix du homard qui dit d'un ton nerveux :
« J'ai cuit bien trop longtemps, sucrez-moi les cheveux. »
Comme font les canards, avec son nez vermeil,
Il se boutonne, et tourne en dehors ses orteils.

Lorsque le sable est sec, d'un petit air coquin,
Avec un grand mépris, il parle du requin.
Mais quand vient la marée où le requin s'ébat,
Vous ne l'entendez plus tant il chuchote bas!

En passant devant son jardin, j'ai remarqué
Le Tigre et le Hibou qui mangeaient un pâté.
Le Tigre avalait croûte et viande sans retard,
Et le Hibou avait le plat pour toute part.

Le pâté terminé, le Hibou, comme don,
D'empocher la cuillère eut l'autorisation.
Le Tigre, lui, reçut le reste du couvert,
Et conclut le banquet en...

... ET CE QU'ELLE VOULAIT DIRE

Père William lui dit : « Mon fils, si plus rien ne me blesse,
    La raison en est simple, en vérité :
Je n'ai jamais oublié Dieu dans ma jeunesse,
    Aujourd'hui, Dieu ne m'a pas oublié. »

(Poésie de Robert Southey [1774-1843]
intitulée : *Les Consolations du Vieillard
et comment il les a obtenues.*)

* *

C'est la voix du paresseux que j'entends gémir :
« Pourquoi me réveiller? je veux me rendormir! »
Comme une porte tourne en grinçant sur ses gonds,
Il se retourne, et cherche un sommeil plus profond.

« Je veux dormir encor, je veux dormir toujours! »
Voilà comment il perd la moitié de ses jours.
Quand il se lève enfin, il s'assied, tout dolent,
Car, debout, il vacille, et marche en chancelant.

En passant devant son jardin, j'ai remarqué
Que l'ortie et la ronce avaient tout dévasté.
Ses habits sont troués; l'argent touche à sa fin :
Il lui faudra mendier ou bien mourir de faim.

Je suis allé le voir, espérant fermement
Qu'il était décidé à agir autrement.
Mais il ne m'a parlé que de boire et manger;
Au lieu de prier Dieu il préfère rêver.

« Quelle grande leçon pour moi! » me suis-je dit.
« Ce qu'est cet homme-là j'aurais pu l'être aussi!
Grand merci à tous ceux qui ont su m'élever
Dans l'amour de l'étude et de l'activité! »

(Poésie d'Isaac Watts, intitulée : *Le
Paresseux.*)

177

Au chapitre 6, la berceuse de la Duchesse :

> *Parlez rudement à votre bébé...*

est la parodie d'une petite poésie de G.W. Langford, poète à peu près inconnu, dont le premier vers est :

> *Parle doucement dans ton cœur...*

Malheureusement, il nous a été impossible de retrouver cette poésie.

✱✱

Au chapitre 7, le Chapelier chante quatre vers d'une chanson qui lui a valu d'être condamné à mort par la Reine de Cœur.

Voici ces quatre vers :

> *Scintille, ô ma chauve-souris !*
> *Où vas-tu dans le soir tout gris ?*
> *Tu voles dans le ciel d'été,*
> *Comme un petit plateau à thé !*

Or, ce que le Chapelier aurait dû chanter (et Alice l'aurait reconnue tout de suite), c'est la strophe suivante, la première d'une poésie bien connue en Angleterre, écrite par Jane Taylor, et qui s'intitule : *L'Étoile.*

> *Scintille, ô ma petite étoile !*
> *Où vas-tu dans le ciel sans voile ?*
> *Tu brilles dans le firmament*
> *Comme un merveilleux diamant.*

*
* *

La chanson du Quadrille des Homards, au chapitre 10 est la parodie d'une fable morale de Mary Howlett, intitulée : *La Mouche et l'Araignée*. Toutefois le texte de Lewis Carroll est tellement différent de celui de Mary Howlett, que nous nous contentons de donner les deux premiers vers de la fable originale :

Entre donc dans mon salon, dit l'Araignée à la mouche ;
C'est le plus joli salon que tu aies jamais contemplé.

*
* *

Enfin, la chanson de la Simili-Tortue *(Belle Soupe, Soupe du Soir)* qui se trouve à la fin du chapitre 10, est la parodie d'une chanson populaire de l'époque, intitulée : *Étoile du Soir*. Ce troisième texte nous manque également.

Notes

a. Le texte anglais porte ceci : « *The Antipathies, I think* ». En effet, les mots « *antipathies* » (antipathies), et « *antipodes* » (antipodes) se prononcent presque exactement de la même façon.

b. « *Curiouser and curiouser!* » dit Alice. Sa faute consiste à employer avec l'adjectif : « *curious* », une forme de comparatif incorrecte. Elle aurait dû dire, en bon anglais : « *More and more curious.* » Bien entendu, il est impossible de rendre cette nuance en français.

c. Le Dodo vient de prononcer les mots suivants : « *for the immediate adoption of more energetic remedies* » (« en vue de l'adoption immédiate de remèdes plus énergiques »). Il emploie donc presque uniquement des mots *d'origine française*, ce qui lui vaut cette réflexion de l'Aiglon : « *Speak English!* » (« Parle anglais! ») D'où la nécessité d'adapter au lieu de traduire littéralement.

d. « — *Mine is a long and sad tale! said the Mouse...*

« — *It is certainly a long tail, said Alice... but why do you call it sad?* »

(— Mon *histoire* est longue et triste! dit la Souris...

— C'est certainement une longue *queue*, dit Alice... mais pourquoi la trouves-tu triste?)

Les mots « *tale* » (histoire) et *tail* (queue) se prononcent exactement de la même façon. Il en résulte un quiproquo intraduisible en français.

e. « — *I had not! cried the Mouse, angrily.*

« — *A knot! said Alice...* »

(— Pas du tout! s'écria la Souris, d'un ton furieux.

— Un nœud! dit Alice...)

Le mot « *knot* » (nœud) se prononce exactement comme le mot *not* (pas, ne... pas), étant donné que le « k » initial est muet : ce qui

180

explique l'erreur d'Alice. Nous avons dû ajouter la phrase : « Je n'étais pas encore au nœud de mon histoire », pour que la réponse d'Alice eût un sens.

f. Voici le titre anglais : « *The Rabbit Sends In A Little Bill* » (« Le Lapin Envoie Une Petite Note »). Le mot « *Bill* », qui signifie « note », est aussi le diminutif du nom propre « William ». Seul le mot « Pierre » nous permettait un jeu de mots analogue, particulièrement heureux en la circonstance puisque le Lapin, au cours de ce chapitre, fait lancer des pierres à Alice. On ne saurait donc nous en vouloir d'avoir rebaptisé l'infortuné Lézard.

g. « — ... *You see, the earth takes twenty-four hours to turn round on its axis*...
« — *Talking of axes, said the Duchess, chop off her head!* »
(— Voyez-vous, il faut vingt-quatre heures à la terre pour tourner sur son axe...
— A propos de hache, dit la Duchesse, coupez-lui donc la tête!)
Les mots « *axis* » (axe) et « *axes* » (haches) se prononcent exactement de la même façon.

h. « *Did you say pig, or fig?* » said the Cat.
(« As-tu dit : cochon, ou : figue? » dit le Chat.)
Il est évident que la traduction littérale aboutit à une absurdité.

i. « ... *but I know I have to beat time when I learn music* ». (« mais je sais que je dois battre la mesure quand j'apprends la musique ».)
Le mot « *time* » signifie à la fois : « temps » et « mesure ». Il était impossible de conserver : « battre la mesure ».

j. Dans toute cette histoire du puits de mélasse, il y a un jeu de mots impossible à rendre, car le verbe : « *to draw* » signifie à la fois : « tirer, puiser, » et : « dessiner ». Nous avons donc été obligés de dire au début que les trois petites sœurs apprenaient à « puiser », et ensuite qu'elles apprenaient à « dessiner ».

k. Dans le texte anglais, il s'agit de tout ce qui commence par M. Si nous avons choisi la lettre A, c'est pour arriver au mot : « à peu-près », qui termine l'énumération du Loir. Encore notre traduction elle-même n'est-elle qu'un à peu-près, car la fin de la réponse du Loir est absolument incohérente lorsqu'on en donne une traduction intégrale. Qu'on en juge :
«... *that begins with an M, such as mouse-traps, and the moon, and memory, and muchness... you know you say things are " much of a muchness "... did you ever see such a thing as a drawing of a muchness?* »
(« ... qui commence par un M, par exemple : des souricières, la lune, la mémoire, et la quantité... tu sais qu'on dit de certaines

choses que c'est blanc bonnet et bonnet blanc... as-tu jamais vu un dessin représentant une quantité? »)

l. « — *Why did you call him Tortoise, if he wasn't one? Alice asked.*
« — *We called him Tortoise because he taught us* », *said the Mock Turtle angrily.*
(— Pourquoi l'appeliez-vous Tortue d'eau douce, si ce n'en était pas une? demanda Alice.
— Nous l'appelions Tortue d'eau douce, parce qu'elle nous enseignait, dit la Simili-Tortue avec colère.) Autre exemple d'incohérence totale. En fait, le mot : « *tortoise* » (tortue d'eau douce) et les deux mots : « *taught us* » (nous enseignait) se prononcent exactement de la même façon. Une tortue de mer se dit ; « *turtle* »; d'où la question d'Alice.

m. « — *Well, there was Mystery* », *the Mock Turtle replied...* « *Mystery, ancient and modern, with Seaography; then Drawling. ...the Drawling-master was an old congereel... he taught us Drawling, Stretching, and Fainting in Coils* ».
Ce texte, traduit littéralement, donne ceci : « Eh bien, il y avait le Mystère », continua la Simili-Tortue... « le Mystère ancien et moderne, avec la Mérographie; puis (on nous apprenait à) Parler-d'une-voix-traînante... le maître à Parler-d'une-voix-traînante était un vieux congre... il nous apprenait à Parler-d'une-voix-traînante, à S'Étirer et à S'Évanouir en Cercles »). Ceci paraît parfaitement stupide. En réalité, les mots du texte de Lewis Carroll sont employés à la place d'autres mots qui leur ressemblent uniquement *par le son* :
« *Mystery* » représente : « *History* » (l'histoire);
« *Seaography* » représente : « *Geography* » (la géographie);
« *Drawling* » représente : « *Drawing* » (le dessin);
« *Stretching* » représente : « *Sketching* » (le croquis);
« *Fainting in Coils* » représente : « *Painting in oils* » (la peinture à l'huile).
Nous ne pouvions avoir recours qu'à des similitudes phonétiques du même genre, sans songer à respecter le sens de l'original.

n. « *He taught Laughing and Grief.* » (« Il enseignait le Rire et le Chagrin. »)
Comme dans le passage précédent, il faut suppléer d'autres mots dont la prononciation est analogue, à savoir : « *He taught Latin and Greek.* » (« Il enseignait le Latin et le Grec. »)

o. « *That's the reason they're called lessons, the Gryphon remarked : because they lessen from day to day.* » (« C'est pour cette raison qu'on appelle cela des leçons », fit observer le Griffon : parce

qu'elles raccourcissent de jour en jour. ») Les mots « *lesson* » (leçon)
et « *lessen* » (raccourcir) se prononcent exactement de la même façon.

p. Le mot : « *whiting* » signifie à la fois « merlan » et « blanc d'Es-
pagne ». Ceci permet à Lewis Carroll un jeu de mots que nous avons
dû modifier. Voici l'essentiel du texte anglais :
« — *What are your shoes done with? said the Gryphon.*
« — *They are done with blacking, answered Alice.*
« — *Boots and shoes under the sea, said the Gryphon, are done
with whiting* ».
(— Avec quoi sont faits tes souliers ? dit le Griffon.
— Ils sont faits avec du cirage noir, répondit Alice.
— Les chaussures, au fond de la mer, sont faites avec du blanc
d'Espagne, dit le Griffon.)
Traduction parfaitement intelligible, sans doute, mais qui n'a plus
rien à voir avec l'esprit de l'original, ni avec le sens de tout le passage.

q. « — *And what are they made of? Alice asked...*
« — *Soles and eels, of course* », *the Gryphon replied...*
(— Et de quoi sont-elles (les chaussures) faites ? demanda Alice...
— De soles et d'anguilles, bien sûr, répondit le Griffon...)
Le mot « *sole* » signifie à la fois : « sole » et « semelle ». Les mots
« *eel* » (anguille) et « *heel* » (talon) se prononçant de la même façon,
à un « h » près.
En conséquence, nous avons dû nous éloigner entièrement du texte
et lui substituer un à peu-près qui nous permet d'évoquer les outils
du savetier.

r. « — *If a fish told me he was going a journey, I should say : " With
what porpoise ? "*
« — *Don't you mean " purpose "?* » *said Alice.*
(— Si un poisson venait me dire qu'il va partir en voyage, je lui
demanderais : « Avec quel marsouin ? » — Ne voulez-vous pas dire :
« dans quel but ? » dit Alice.)
Les mots : « *porpoise* » (marsouin) et « *purpose* » (projet, but) se
prononcent exactement de la même façon. Nous nous sommes
trouvé dans la triste nécessité de commettre un contre-sens volon-
taire sur le mot « *porpoise* » tout au long de ce chapitre et de transformer le marsouin en brochet, pour obtenir un jeu de mots analogue à celui de Lewis Carroll.

s. Le Chapelier dit : « *the twinklings of the tea* » (« les scintillements
du thé) ». Comme il nous fallait un mot qui justifiât la réponse
du Roi, c'est-à-dire qui commençât par un « t », nous avons choisi
« tintement », d'une façon tout arbitraire, d'ailleurs...

t. « *Your never had fits, my dear, I think ? he said to the Queen...*
« *Then the words don't fit you* », *said the King.*

(« Vous n'avez jamais eu d'attaque, ma chère, à ce qu'il me semble ? »
dit-il à la Reine... « En ce cas les mots ne s'appliquent pas à vous »,
dit le Roi).
Le mot « *fit* » signifie : attaque, crise, accès ; le verbe : « *to fit* »
signifie : convenir à, s'appliquer à.

Table

*Achevé d'imprimer
le 28 Mai 1986
sur les presses de
l'Imprimerie Hérissey
à Évreux (Eure)*

N° d'imprimeur : 40124
Dépôt légal : Mai 1986
1ᵉʳ dépôt légal dans la même collection : Octobre 1979
ISBN 2-07-033117-2

Imprimé en France